# CLAUDINE EN MÉNAGE

COLETTE

ALICIA ÉDITIONS

# PRÉAMBULE

En tant qu'éditrice, j'ai eu le privilège de redécouvrir l'œuvre de Colette et de constater l'incroyable talent qui se cachait derrière le pseudonyme de Willy. Les romans de la série des Claudine, initialement attribués à Henri Gauthier-Villars, alias Willy, révèlent une écriture sensible, moderne et profondément féminine qui ne pouvait être l'œuvre que d'une seule personne : Colette.

Les recherches historiques et littéraires ont indubitablement établi que Colette était la véritable auteure de ces romans. C'est pourquoi, consciente de l'importance de rendre justice à une écrivaine majeure, j'ai pris la décision de ne créditer que Colette sur les nouvelles éditions de ces œuvres.

Cette décision s'inscrit dans une volonté de rétablir la vérité historique et de permettre à Colette de briller de son propre éclat. En effet, pendant longtemps, l'ombre de Willy a occulté le talent exceptionnel de Colette, reléguant au second plan une voix singulière et novatrice dans le paysage littéraire français.

En créditant Colette en tant qu'auteure unique des « *Claudine* », je contribue à faire connaître et reconnaître l'une des figures les plus marquantes de la littérature française du XX$^e$ siècle.

Alicia ÉDITIONS

Sûrement, il y a dans notre ménage quelque chose qui ne va pas. Renaud n'en sait rien encore ; comment le saurait-il ?

Depuis six semaines nous sommes de retour. Fini, ce vagabondage de flemme et de fièvre qui, durant quinze mois, nous mena, trôleurs, de la rue de Bassano à Montigny, de Montigny à Bayreuth, de Bayreuth à un village badois, que je crus d'abord, à la grande joie de Renaud, s'appeler « Forellen-Fischerei » parce qu'une affiche énorme proclame, au-dessus de la rivière, qu'on y pêche des truites, et parce que je ne sais pas l'allemand.

L'hiver dernier, hostile et serrée au bras de Renaud, j'ai vu la Méditerranée qu'un vent froid rebrousse et qu'éclaire un soleil pointu. Trop d'ombrelles, trop de chapeaux et de figures m'ont gâté ce Midi truqué, et surtout la rencontre inévitable d'un ami, de dix amis de Renaud, de familles qu'il fournit de billets de faveur, de dames chez qui il dîna. Cet affreux homme se fait aimable à tous, surtout en frais pour ceux qu'il connaît le moins, car les autres, les vrais amis, explique-t-il avec une douceur impudente, ce n'est pas la peine de s'exterminer le tempérament pour leur plaire, on est sûr d'eux...

Ma simplicité inquiète n'a jamais pu comprendre ces hivers de la Côte d'Azur où les robes de dentelle frissonnent sous des collets de zibeline !

Et puis, l'abus que je fis de Renaud, l'abus qu'il fit de moi, força mes nerfs et me donna une âme mal résignée aux petits cailloux de la route. Et ballottée, entraînée, en un état, mi-pénible, mi-délicieux, d'ivresse physique et de quasi-vertige, j'ai fini par demander grâce, et repos, et le gîte définitif. M'y voici rentrée ! Que me faut-il donc ? Que me manque-t-il encore ?

Tâchons de mettre un peu d'ordre dans cette salade de souvenirs encore tout proches, déjà si lointains...

La bizarre comédie que fut le jour de mon mariage ! Trois semaines de fiançailles, la présence fréquente de ce Renaud que j'aime à l'affolement, ses yeux gênants, et ses gestes (contenus cependant) plus gênants encore, ses lèvres toujours en quête d'un bout de moi me firent pour ce jeudi-là une mine aiguë de chatte brûlante. Je ne compris rien à sa réserve, à son abstention, dans ce temps-là ! J'aurais été toute de lui, dès qu'il eût voulu ; il le sentait bien. Et pourtant, avec un soin trop gourmet de son bonheur — et du mien ? il nous maintint dans une sagesse éreintante. Sa Claudine déchaînée lui jeta, souvent, des regards irrités au bout d'un baiser trop court et rompu avant le... avant le temps moral : « Mais enfin, dans huit jours ou maintenant, qu'est-ce que ça fait ? Vous me brégez inutilement, vous me fatiguez affreusement... » Sans pitié de nous deux, il me laissa toute intacte, malgré moi, jusqu'à ce mariage à la six-quat'deux.

Irritée sincèrement contre la nécessité d'informer un monsieur-maire et un monsieur-curé de ma décision de vivre avec Renaud, je refusai d'aider Papa ni personne, en rien. Renaud y mit une adroite patience, Papa un dévouement inusité, furieux et ostentatoire. Mélie seule, rayonnante d'assister au dénouement d'une histoire d'amour, chanta et rêva au-dessus du plomb de la petite cour triste. Fanchette, suivie de Limaçon encore chancelant « plus beau qu'un fils de Phtah », flaira des cartons ouverts, des étoffes neuves, des gants longs qui lui donnèrent d'ingénus haut-le-cœur, et « fit du pain » en pétrissant mon voile de tulle blanc.

Ce rubis en poire qui pend à mon cou, au bout d'un fil d'or si léger, Renaud me l'apporta l'avant-veille de notre mariage. Je me rappelle, je me rappelle ! Séduite par sa couleur de vin clair, je le mirais à contre-jour, à hauteur des yeux, mon autre main appuyée à l'épaule de Renaud agenouillé. Il rit :

— Tu louches, Claudine, comme Fanchette quand elle suit une mouche volante.

Sans l'écouter, je mis soudain le rubis dans ma bouche « parce que ça doit fondre et sentir la framboise acidulée ! » Renaud, dérouté par cette compréhension nouvelle des pierres précieuses, m'apporta des bonbons le lendemain. Ils me causèrent, ma foi, autant de plaisir que le bijou.

Le grand matin, je m'éveillai irritée et bougonne, pestant contre la mairie et l'église, contre la lourdeur de ma robe à traîne, contre le chocolat trop chaud et Mélie en cachemire violet dès sept heures du matin (« Ah ! ma France, tu vas en avoir du goût »), contre ces gens qui allaient venir : Maugis et Robert Parville, témoins de Renaud, tante Cœur en chantilly, Marcel à qui son père pardonnait — exprès pour l'agacer et lui faire la gnée*, je crois — et mes témoins à moi : un malacologue très décoré, très crasseux aussi, de qui je n'ai jamais su le nom, et M. Maria ! Papa, oublieux et serein, trouvait tout naturel ce dénouement singulier de mon amoureux martyr.

Et Claudine, prête avant l'heure, un peu jaunette dans sa robe blanche et son voile mal équilibré — pas toujours commodes, ces cheveux courts — assise devant la corbeille de Fanchette en train de se faire masser le ventre pas son Limaçon rayé, Claudine songeait : « Ça me rebute, ce mariage ! L'idéal, ce serait de l'avoir ici, de dîner tous deux, de nous enfermer dans cette petite chambre où j'ai dormi en songeant à lui, où j'ai songé à lui sans dormir, et... Mais mon lit bateau serait trop petit... »

La venue de Renaud, la trépidation légère de ses gestes ne chassa point ces préoccupations. Il fallut pourtant, sur la prière de M. Maria qui s'affolait, objurguer Papa et l'aller relancer. Mon noble père, digne de la circonstance exceptionnelle et de lui-même, avait simplement oublié que je me mariais ; on le trouva en robe de chambre (à midi moins dix !) fumant sa pipe avec solennité. Il accueillit le pauvre Maria par ces mots mémorables :

— Arrivez donc, vous êtes bougrement en retard, Maria, aujourd'hui que nous avons justement un chapitre très dur... Tiens, cette idée de vous enfiler dans un habit noir, vous avez l'air d'un garçon de restaurant !

— Mais, Monsieur... Monsieur... le mariage de Mlle Claudine... On n'attend que vous...

— Foutre ! répondit Papa en consultant sa montre, au lieu du calendrier, foutre ! vous êtes sûr que c'est pour aujourd'hui ? Si vous partiez devant, on pourrait toujours commencer sans moi.

Robert Parville, ahuri comme un caniche perdu, parce qu'il n'était pas dans le sillage de la petite Lizery ; Maugis verni de gravité goguenarde ; M. Maria tout pâle ; tant Cœur pincée et Marcel gourmé, ça ne

---

* Railler

fait pas une foule, n'est-ce pas ? Ils me parurent au moins cinquante, dans l'appartement étroit ! Isolée sous mon voile, j'écoutais mes nerfs défaillants et agacés...

Mon impression, ensuite, fut celle d'un de ces rêves emmêlés et confus, où l'on se sent les pieds liés. Un rayon violet et rose sur mes gants blancs, à travers les vitraux de l'église ; mon rire nerveux à la sacristie, à cause de Papa prétendant signer deux fois sur la même page « parce que mon premier paraphe est trop maigre ». Étouffante impression d'irréel ; Renaud, lui-même, devenu distant et sans épaisseur...

De retour à la maison, tout inquiet devant ma figure tirée et triste, Renaud m'interrogea tendrement ; je secouai la tête : « Je ne me sens pas beaucoup plus mariée que ce matin. Et vous ? » Ses moustaches tressaillirent ; alors je rougis en haussant les épaules.

Je voulus me débarrasser de cette robe ridicule et on me laissa seule. Fanchette, ma si chère, me reconnut mieux sous une blouse de linon rose et une jupe de serge blanche. « Fanchette, vais-je te quitter ? C'est la première fois... Il le faut. Je ne veux pas te trimbaler en chemin de fer avec ta famille. » Un peu envie de pleurer, malaise indéfinissable, côtes serrées et douloureuses. Ah ! que mon ami aimé me prenne vite et qu'il me délivre de cette appréhension sotte, qui n'est ni de la peur ni de la pudeur... Comme la nuit vient tard en juillet, et comme ce soleil blanc me serre les tempes !...

À la nuit tombante, mon mari — mon mari ! — m'emmena. Le roulement caoutchouté ne m'empêchait pas d'entendre mon cœur battre, et je serrais fort les dents que *son* baiser ne les desserra pas.

Rue de Bassano, j'entrevis à peine, sous l'électricité voilée des lampes à écrire posées sur les tables, cet appartement « trop gravure dix-huitième siècle » qu'il avait jusqu'alors refusé de m'ouvrir. Je respirai, pour m'enivrer plus, cette odeur de tabac blond et de muguet, avec un peu de cuir de Russie, qui imprègne les vêtements de Renaud et ses moustaches longues.

Il me semble y être encore, je m'y vois, j'y suis.

Quoi, c'est maintenant ? Que faire ? Je pense à Luce, le temps d'un éclair. J'ôte mon chapeau sans savoir. Je prends la main de celui que j'aime, pour me rassurer, et je le regarde. Il se débarrasse, au hasard, de son chapeau, de ses gants, et s'étire un peu en arrière avec un soupir

tremblé. J'aime ses beaux yeux sombres, et son nez courbé, et ses cheveux dédorés qu'un vent habile peigna. Je me rapproche de lui, mais il se dérobe, méchant, s'écarte et me contemple, pendant que j'achève de perdre toute ma belle hardiesse. Je joins les mains :
— Oh ! s'il vous plaît, dépêchez-vous !
(Hélas ! je ne savais pas que ce mot fût si drôle.)
Il s'assied :
— Viens, Claudine.
Sur ses genoux, il m'entend respirer trop vite ; sa voix s'attendrit :
— Tu es à moi ?
— Il y a longtemps, vous le savez bien.
— Tu n'as pas peur ?
— Non, je n'ai pas peur. D'abord, je sais tout !
— Quoi, tout ?
Il m'a couchée sur ses genoux et se penche sur ma bouche. Sans défense, je me laisse boire. J'ai envie de pleurer. Du moins, il me semble que j'ai envie de pleurer.
— Tu sais tout, ma petite fille chérie, et tu n'as pas peur ?
Je crie :
— Non !...
... quand même, et je me cramponne désespérément à son cou. D'une main, il essaie déjà de dégrafer ma chemisette. Je bondis :
— Non ! moi toute seule !
Pourquoi ? Je n'ai pas su pourquoi. Une dernière Claudinerie impulsive. Toute nue, je serais allée droit dans ses bras, mais je ne veux pas qu'il me déshabille.
Avec une hâte maladroite, je défais et j'éparpille mes vêtements, lançant mes souliers en l'air, ramassant mon jupon entre deux doigts de pied, et mon corset que je jette, tout cela sans regarder Renaud assis devant moi. Je n'ai plus que ma petite chemise, et je dis : « Voilà ! » l'air crâne, en frottant, d'un geste habituel, les empreintes du corset autour de ma taille.
Renaud n'a pas bougé. Il a seulement tendu la tête en avant et empoigné les deux bras de son fauteuil ; et il me regarde. L'héroïque Claudine, prise de panique devant ce regard, court éperdue et se jette sur le lit... sur le lit non découvert !
Il m'y rejoint. Il m'y serre, si tendu que j'entends trembler ses muscles. Tout vêtu, il m'y embrasse, m'y maintient, — mon Dieu, qu'attend-il donc pour se déshabiller, lui aussi ? — et sa bouche et ses

mains m'y retiennent, sans que son corps me touche, depuis ma révolte tressaillante jusqu'à mon consentement affolé, jusqu'au honteux gémissement de volupté que j'aurais voulu retenir par orgueil. Après, seulement après, il jette ses habits comme j'ai fait des miens, et il rit, impitoyable, pour vexer Claudine stupéfaite et humiliée. Mais il ne me demande rien, rien que la liberté de me donner autant de caresses qu'il en faut pour que je dorme, au petit jour, sur le lit toujours fermé.

Je lui sus gré, je lui sus beaucoup de gré, plus tard, d'une abnégation aussi active, d'une patience aussi stoïquement prolongée. Je l'en dédommageai apprivoisée et curieuse, avide de regarder mourir, ses yeux comme il regardait, crispé, mourir les miens. Je gardai longtemps, d'ailleurs, et à vrai dire je garde encore un peu l'effroi du... comment dire ? on appelle cela « devoir conjugal », je crois. Ce puissant Renaud me fait songer, par similitude, aux manies de la grande Anaïs qui voulait toujours gainer ses mains importantes de gants trop étroits. À part cela, tout est bon ; tout est un peu trop bon même. Il est doux d'ignorer d'abord, et d'apprendre ensuite, tant de raisons de rire nerveusement, de crier de même, et d'exhaler de petits grognements sourds, les orteils recourbés.

La seule caresse que je n'aie jamais su accorder à mon mari, c'est le tutoiement. Je lui dis « vous » toujours, à toutes les heures, quand je le supplie, quand je consens, quand le tourment exquis d'attendre me force à parler par saccades, d'une voix qui n'est pas la mienne. Mais, lui dire « vous », n'est-ce pas une caresse unique que lui donne là cette Claudine un peu brutale et tutoyeuse ?

Il est beau, il est beau, je vous le jure ! Sa peau foncée et lisse glisse contre la mienne. Ses grands bras s'attachent aux épaules par une rondeur féminine où je pose ma tête, la nuit et le matin, longtemps.

Et ses cheveux couleur de grèbe, ses genoux étroits, et la chère poitrine qui respire lentement, marquée de deux grains de bistre, tout ce grand corps où je fis tant de découvertes passionnantes ! Je lui dis souvent, sincère : « Comme je vous trouve beau ! » Il m'étreint : « Claudine, Claudine, je suis vieux ! » Et ses yeux noircissent d'un regret si poignant que je le regarde sans comprendre.

— Ah ! Claudine, si je t'avais connue il y a dix ans !

— Vous auriez connu en même temps la cour d'assises ! Et puis, vous n'étiez qu'un jeune homme alors, une mauvaise sale arnie de jeune homme qui fait pleurer les femmes ; et moi...

— Toi, tu n'aurais pas connu Luce.
— Pensez-vous que je la regrette ?
— En ce moment-ci, non... ne ferme pas les yeux, je t'en supplie, je te le défends... Leur tournoiement m'appartient...
— Et moi toute !

Moi toute ? non ! La fêlure est là.

J'ai esquivé cette certitude aussi longtemps que je l'ai pu. J'ai souhaité ardemment que la volonté de Renaud courbât la mienne, que sa ténacité vînt assouplir mes sursauts indociles, qu'il eût, enfin, l'âme de ses regards, accoutumés à ordonner et séduire. La volonté, la ténacité de Renaud !... Il est plus souple qu'une flamme, brûlant et léger comme elle, et m'enveloppe sans me dominer. Hélas ! Claudine, dois-tu rester toujours maîtresse de toi-même ?

Il a su pourtant asservir mon corps mince et doré, cette peau qui colle à mes muscles et désobéit à la pression des mains, cette tête de petite fille coiffée en petit garçon... Pourquoi faut-il qu'ils mentent, ses yeux dominateurs et son nez têtu, son joli menton qu'il rase et montre, coquet comme une femme ?

Je suis douce avec lui, et je me fais petite ; je courbe sous ses lèvres une nuque docile, je ne demande rien et je fuis la discussion, dans la crainte sage de le voir me céder tout de suite, et qu'il tende vers moi sa bouche douce en un *oui* trop facile... Hélas ! il n'a d'autorité que dans les caresses.

(Je reconnais que c'est déjà quelque chose.)

Je lui ai conté Luce, et tout et tout, presque dans l'espoir de le voir froncer le nez, s'énerver, me presser de questions rageuses... Eh bien, non, non. Et même au contraire. Il m'a pressée de questions, oui, mais pas rageuses. Et j'ai écourté parce que je pensais à son fils Marcel (agacée au souvenir des interrogations dont ce petit, lui aussi, me harcelait jadis), mais certes pas par défiance ; car, si je n'ai pas trouvé mon maître, j'ai trouvé mon ami et mon allié.

À tout ce gougnigougna de sentiments, Papa répondait, dédaigneux des mélis-mélos psychologiques de sa fille qui ergote, et dissèque, et joue à la personne compliquée :

— L'excrément monte à cheval, et encore il s'y tient !

Admirable père ! Je n'ai pas, depuis mon mariage, assez songé à lui, ni à Fanchette. Mais Renaud m'a, pendant des mois, trop aimée, promenée, trop grisée de paysages, envornée* de mouvement, de ciels nouveaux et de villes inconnues. Mal au courant de sa Claudine, il a souvent souri d'étonnement en me voyant plus rêveuse devant un paysage que devant un tableau, plus enthousiasmée d'un arbre que d'un musée, et d'un ruisseau que d'un bijou. Il avait beaucoup à m'apprendre, et j'ai beaucoup appris.

La volupté m'apparut comme une merveille foudroyante et presque sombre. Quand Renaud, à me surprendre immobile et sérieuse, me questionnait, anxieux, je devenais rouge, je répondais sans le regarder : « je ne peux pas vous dire… » Et j'étais obligée de m'expliquer sans paroles, avec cet interlocuteur redoutable qui se repaît de me contempler, qui épie et cultive sur mon visage toutes les délices de la honte…

On dirait que pour lui — et je sens que ceci nous sépare — la volupté est faite de désir, de perversité, de curiosité allègre, d'insistance libertine. Le plaisir lui est joyeux, clément et facile, tandis qu'il me terrasse, m'abîme dans un mystérieux désespoir que je cherche et que je crains. Quand Renaud sourit déjà, haletant et les bras dénoués de moi, je cache encore dans mes mains, quoiqu'il empêche, des yeux pleins d'épouvante et une bouche extasiée. Ce n'est qu'un peu de temps après que je vais me blottir sur son épaule rassurante et me plaindre à mon ami du mal trop cher que m'a fait mon amant.

Parfois, je cherche à me persuader que peut-être l'amour est trop neuf pour moi, tandis que, pour Renaud, il a perdu de son amertume ? J'en doute. Nous ne penserons jamais de même là-dessus, en dehors de la grande tendresse qui nous a noués…

Au restaurant, l'autre soir, il souriait à une dîneuse solitaire, dont la minceur brune et les beaux yeux maquillés se tournaient volontiers vers lui.

— Vous la connaissez ?

— Qui ? la dame ? Non, chérie. Mais comme elle a une jolie silhouette, ne trouve-tu pas ?

— C'est pour cela seulement que vous la regardez ?

— Bien sûr, ma petite fille. Cela ne te choque pas, j'espère ?

— Non-dà. Mais… je ne suis pas contente qu'elle vous sourie.

— Oh ! Claudine ! prie-t-il en penchant vers moi sa figure bistrée,

---

* Troublée, étourdie.

laisse-moi croire encore qu'on peut regarder sans dégoût ton vieux mari ; il a tant besoin d'avoir un peu confiance en lui-même ! Le jour où les femmes ne me regarderont plus du tout, ajoute-t-il en secouant ses cheveux légers, je n'aurai plus qu'à...

— Mais, qu'est-ce que ça fait, les autres femmes, puisque, moi, je vous aimerai toujours ?

— Chut ! Claudine, coupe-t-il adroitement, le Ciel me préserve de te voir devenir un cas unique et monstrueux !

Voilà ! En parlant de moi, il dit : *les* femmes ; est-ce que je dis : *les* hommes, en pensant à lui ? Je sais bien : l'habitude de vivre en public, en collage, et en adultère, pétrit un homme et l'abaisse à des soucis qu'ignore une petite mariée de dix-neuf ans...

Je ne puis me tenir de lui dire, méchante :

— C'est vous, donc, qui aurez légué à Marcel cette âme de fille coquette ?

— Oh ! Claudine ! demande-t-il un peu attristé, tu n'aimes pas mes défauts ?... De fait, je ne vois pas, hors moi, de qui il tiendrait... Accorde-moi que cette coquetterie s'est moins dévoyée chez moi que chez lui !

Qu'il est vite redevenu léger et heureux ! Il me semble que s'il m'avait répondu sec, et fronçant ses beaux sourcils pareils au velours intérieur d'une coque de châtaigne mûre : « Assez, Claudine, Marcel n'a rien à faire ici », il me semble que j'eusse commencé à sentir une grande joie, et un peu de ce respect craintif qui ne veut pas me venir, qui ne peut pas ne pas me venir pour Renaud.

À tort ou à raison, j'ai besoin de respecter, de redouter un peu ce que j'aime. J'ai ignoré la crainte aussi longtemps que l'amour, et j'aurais voulu qu'elle vînt avec lui...

Mes souvenirs de quinze mois voyagent dans ma tête comme des grains de poudre à travers une chambre sombre barrée d'un rai de soleil. L'un après l'autre, ils passent dans le rayon, y brillent une seconde, pendant que je leur souris ou je leur fais la lippe, puis rentrent dans l'ombre.

À mon retour en France, il y a trois mois, j'ai voulu revoir Montigny… Mais ceci mérite que je me prenne, comme dit Luce, du commencement.

Mélie se hâta, il y a un an et demi, de faire claironner à Montigny mon mariage « avec un homme tout à fait bien, un peu fort d'âge, mais encore bien dru ».

Papa lança là-bas, à l'aventure, quelques faire-part, dont l'un au menuisier Danjeau ( !) « parce qu'il avait bougrement bien ficelé ses caisses de livres ». Et j'en expédiai deux, avec les adresses moulées de ma plus belle main, à Mlle Sergent et à sa petite dégoûtation d'Aimée*. Ce qui me valut une lettre plutôt inattendue…

« Ma chère enfant », m'écrivit Mlle Sergent, « je suis sincèrement heureuse (*attends, marche, bouge pas !*) d'un mariage d'affection (*le français, dans les mots, brave l'honnêteté*) qui vous sera un sûr abri contre une indépendance un peu dangereuse. N'oubliez pas que l'École attend votre visite, si vous revenez, ce que je souhaite, voir un pays qui peut vous tenir au cœur par tant de souvenirs. »

Cette ironie finale s'émoussa contre l'universelle indulgence qui m'enveloppait à ce moment-là. Ma surprise amusée persista seule, et le désir de revoir Montigny — ô bois qui m'avez enchantée ! — avec des yeux moins sauvages et plus mélancoliques.

Et comme nous revenions d'Allemagne par la Suisse, en septembre dernier, je priai Renaud de vouloir bien faire halte vingt-quatre heures avec moi, en plein Fresnois, dans la médiocre auberge de Montigny, place de l'Horloge, chez Lange.

Il consentit tout de suite, comme il consent toujours.

Pour revivre ces jours-là, il suffit que je ferme, une minute, les yeux…

---

\* *Voir Claudine à l'École.*

Dans le train omnibus qui flânoche, indécis, à travers ce pays vert et ondulé, je tressaille aux noms connus des petites stations désertes. Mon Dieu ! après Blégeau et Saint-Farcy, ce sera Montigny, et je verrai la tour ébréchée... Exaltée, les mollets travaillés de piqûres nerveuses, je me tiens debout dans le wagon, les mains cramponnées aux brassards de drap. Renaud, qui me surveille, la casquette de voyage sur les yeux, me rejoint à la portière :

— Mon oiseau chéri, tu tressailles à l'approche du nid de jadis ?... Claudine, réponds... je suis jaloux... je ne veux te voir ce silence énervé qu'entre mes bras.

(Je le rassure d'un sourire et j'épie de nouveau les dos des collines, toisonnées de forêts, qui fuient et tournent.)

— Ah !

Le doigt tendu, je montre la tour, sa pierre rousse effritée que drape le lierre, et le village qui dévale en dessous, qui à l'air de glisser d'elle. Sa vue m'a blessée, si fort et si doucement, que je m'appuie à l'épaule de Renaud...

Cime brisée de la tour, foule des arbres à têtes rondes, comment vous ai-je quittées... et ne dois-je m'emplir les yeux de vous que pour repartir encore ?

Les bras au cou de mon ami, j'y cherche à présent ma force et ma raison de vivre ; c'est à lui de m'enchanter et de me retenir, je l'espère, je le veux...

Le petite maison rose du garde-barrière passe vite, et la gare des marchandises, — j'ai reconnu l'homme d'équipe ! — Et nous sautons sur le quai. Renaud a déjà confié la valise et mon sac à l'unique omnibus, que je suis encore plantée là, silencieuse, à compter les bosses, les trous et les points de repère du cher horizon rétréci. Voilà, tout là-haut, le bois des Fredonnes qui tient à celui des Vallées... le chemin des Vrimes, serpent jaune de sable, qu'il est étroit ! il ne me mènera plus chez ma sœur de lait, ma mignonne Claire. Oh ! on a coupé le bois des Corbeaux, sans ma permission ! Sa peau râpée est maintenant visible et toute nue... Joie, joie de revoir la Montagne aux Cailles, bleue et nébuleuse, qui se vêt de gaze irisée les jours de soleil, et se rapproche, nette, lorsque le temps tourne à la pluie. Elle est pleine de coquilles fossiles, de chardons violâtres, de fleurs dures et sans sève, fréquentée de papillons menus, aux ailes de nacre bleue, d'Apollo tachés de lunules orange comme des orchidées, de lourds Morio en velours sombre et doré...

— Claudine ! Ne crois-tu pas que nous devrions finir par grimper dans cette patache un jour ou l'autre ? demande Renaud, qui rit de mon hébétude heureuse.

Je le rejoins dans l'omnibus. On n'a rien dérangé : le père Racalin est ivre comme autrefois, immuablement ivre, et conduit son véhicule grinçant d'un fossé à l'autre, autoritaire et sûr de lui.

Je scrute les haies, les tournants de la route, prête à protester si on a touché à *mon* pays. Je ne dis rien, plus rien, jusqu'aux premières masures de la pente raide, où je m'écrie :

— Mais les chats ne pourront plus coucher dans le grenier à foin de chez Bardin ; il y a une porte neuve !

— C'est, ma foi, vrai, acquiesce Renaud, pénétré, cet animal de Bardin a fait mettre une porte neuve !

Mon mutisme de tout à l'heure crève en gaieté et en paroles imbéciles :

— Renaud, Renaud, regardez vite, on va passer devant la grille du château ! Il est abandonné, nous irons voir la tour. Oh ! la vieille mère Sainte-Albe qui est sur sa porte ! Je suis sûre qu'elle m'a vue, elle va le dire à toute la rue... vite, vite, tournez-vous ; ici, les deux pointes d'arbres, au-dessus du toit de la mère Adolphe, c'est les grands sapins du jardin, *mes* sapins, à moi... Ils n'ont pas grandi ; c'est bien fait... Qu'est-ce que c'est que cette fille-là que je ne connais pas ?

Il paraît que j'ai accentué cela avec une âpreté comique telle que Renaud rit de tout son cœur et de toutes ses blanches dents carrées. Mais c'est pas tout ça, il va falloir passer la nuit chez Lange, et mon mari pourrait bien rire moins gaiement, là-haut, dans l'auberge sombre...

Eh bien, non ! La chambre lui paraît tolérable, malgré les rideaux de lit en forme de tente, la toilette minuscule et les gros draps grisâtres (mais, Dieu merci, très propres).

Renaud, excité par la médiocrité du cadre, par toute l'enfance qui se lève de Claudine dans Montigny, m'étreint par-derrière et veut m'attirer... mais non... il ne faut pas, le temps passerait trop vite !

— Renaud, Renaud, cher grand, il est six heures ; je vous en prie, venez à l'École faire une surprise à Mademoiselle, avant le dîner !

— Hélas ! soupire-t-il mal résigné, épousez donc une petite fille fiérotte et sauvageonne, pour qu'elle vous trompe avec un chef-lieu de canton qui compte 1 847 habitants !

Un coup de brosse à mes cheveux courts que la sécheresse allège et vaporise, un coup d'œil inquiet à la glace — si j'avais vieilli depuis dix-huit mois ? — et nous voici dehors sur la place de l'Horloge, si escarpée que, les jours de marché, maint petit étalage forain, impossible à équilibrer, fait *bardadô* et s'écroule à grand bruit.

Grâce à mon mari, grâce à mes cheveux coupés (je songe, un peu jalouse de moi-même, aux longs copeaux châtain-roussi qui dansaient sur mes reins), on ne me reconnaît guère, et je puis m'étonner à mon aise.

— Oh ! Renaud, figurez-vous, cette femme avec un bébé sur le bras, c'est Célénie Nauphely* !

— Celle qui tétait sa sœur ?

— Justement. C'est elle qu'on tète, à présent. Heullà-t-y possible ! C'est dégoûtant !

— Pourquoi, « dégoûtant » ?

— Je ne sais pas. Il y a encore les mêmes pastilles de menthe chez la petite Chou... Peut-être qu'elle n'en vend plus depuis le départ de Luce...

La Grande-Rue — trois mètre de large — descend si raide que Renaud me demande où l'on achète, ici, des alpenstocks. Mais Claudine dansante, le canotier sur l'œil, l'entraîne en le tenant par le petit doigt. Au passage des deux étrangers, les seuils s'ornent de figures familières et plutôt malveillantes : je puis mettre un nom sur toutes, recenser leurs avaries et leurs rides.

— Je vis dans un dessin de Huard, constate Renaud.

Un Huard exaspéré, même. Cet escarpement de tout le village, je ne me le rappelais pas si rude, ni les rues si cailloutouses, ni le complet de chasse du père Sandré si belliqueux... Le gâtisme du vieux Lourd, le connus-je aussi souriant et gélatineux ? Au tournant de Bel-Air, je m'arrête pour rire tout haut :

— Mon Dieu ! Mme Armand qui a toujours ses bigoudis ! Elle les tortille le soir en se couchant, oublie de les ôter le matin, et puis, tant pis, c'est trop tard, elle les garde la nuit suivante, et recommence le lendemain, et je les ai toujours vus, tordus comme des vers sur son front gras !... Ici, Renaud, j'ai admiré pendant dix ans, au carrefour de

---

\* Voir *Claudine à Paris*.

ces trois rues, un homme admirable nommé Hébert, qui fut maire de Montigny, bien qu'il pût à grand-peine signer son nom. Il se rendait assidûment aux séances du conseil municipal, hochait une belle figure de conventionnel, rouge sous des cheveux de chanvre blanc, et prononçait des discours qui sont restés célèbres. Par exemple : « Faut-il faire un caniveau dans la rue des Fours-Banaux, faut-il pas le faire ? *Tatisté-question*, comme disent les Anglais. » Entre les séances, il se tenait debout au carrefour des trois rues, violet l'hiver et rouge l'été, et observait ; quoi ? Rien ! C'était toute son occupation. Il en est mort... Attention ! Ce hangar à double porte cochère porte au fronton une inscription mémorable, lisez : « Pompes à incendie et funèbres. » Ils ont mis *Pompes* en facteur commun ! Auriez-vous inventé celle-là, vous qui travaillez dans la diplomatie ?

L'indulgent rire de mon ami se fatigue un peu. Est-ce qu'il commencerait à me trouver trop Molinchard ? Non ; il ressent seulement un regret jaloux à voir le passé me reprendre tout entière.

Et voilà qu'au bas de la pente la rue s'ouvre sur une place bosselée. À trente pas, derrière les grilles peintes de gris fer, se carre la vaste école blanche coiffée d'ardoises, à peine salie par trois hivers et quatre étés.

— Claudine, c'est la caserne ?

— Non, voyons ! c'est l'École !

— Pauvres gosses...

— Pourquoi « pauvres gosses ? » Je vous jure qu'on ne s'y embêtait pas.

— Toi, diablesse, non. Mais les autres ! Nous entrons ? Est-ce qu'on visite les prisonniers à toute heure ?

— Où vous a-t-on élevé, Renaud ? Vous ne savez donc pas qu'on est en vacances !

— Non ! C'est pour voir cette geôle vide que tu m'as amené, et c'est dans cet espoir que tu trépidais, voiturette sous pression ?

— Charrette à bras ! répondis-je victorieusement, car une année de voyage à l'étranger a suffi pour émailler mon vocabulaire fresnois d'invectives « bien parisiennes. »

— Si je te privais de dessert ?

— Si je vous mettais à la diète ?

Brusquement sérieuse, je me tais, sentant sous ma main le pêne de la grille lourde résister, comme autrefois...

À la pompe de la cour, le petit gobelet rouillé, le même ! pend à sa chaîne. Les murs, tout blancs et crayeux il y a deux ans, sont griffés jusqu'à hauteur d'épaule comme par des milliers d'ongles énervés et captifs. Mais l'herbe maigre des vacances pousse à terre entre les briques du caniveau.

Personne.

Devant Renaud qui suit, docile, je gravis le petit escalier de six marches, j'ouvre une porte vitrée, je suis le couloir dallé et sonore qui relie le Grand Cours aux trois classes inférieures... Cette bouffée de fraîcheur fétide — balayage sommaire, encre, poussière de craie, tableaux noirs lavés d'éponge sales — me suffoque d'une émotion singulière. Agile sur ses espadrilles muettes, la petite ombre de Luce en tablier noir va-t-elle pas tourner ce coin de mur, et se blottir à mes jupes, importune et tendre ?

Je tressaille et je sens mes joues frémir : agile sur des espadrilles muettes, une petite ombre en tablier noir entrebâille la porte du Grand Cours... Mais non, ce n'est pas Luce ; une jolie frimousse aux yeux limpides me dévisage, que je n'ai rencontrée nulle part. Rassurée et me sentant presque chez moi, je m'avance :

— Là ous qu'est Mmmzelle ?

— Je ne sais pas, Mada... Mademoiselle. Sans doute en haut.

— Bon, merci. Mais... vous n'êtes donc pas en vacances ?

— Je suis une des pensionnaires qui passent les vacances à Montigny.

Elle est tout à fait gente, la pensionnaire qui passe les vacances à Montigny ! Les cheveux châtains en natte sur le tablier noir, elle penche et dérobe une fraîche bouche tout aimable, et des yeux mordorés, plus beaux que vifs, de biche qui regarde passer une automobile.

Une voix mordante (oh ! que je la reconnais !) tombe sur nous de l'escalier :

— Pomme, avec qui causez-vous donc ?

— Avec quelqu'un, Mmmzelle ! crie l'ingénue qui trotte et grimpe l'escalier des appartements privés et des dortoirs.

Je me retourne pour rire des yeux à Renaud. Il s'intéresse, son nez remue.

— Tu entends, Claudine ? Pomme ! elle se fera croquer, avec ce nom-là. Quelle chance que je ne sois qu'un vieux monsieur hors d'âge !...

— Taisez-vous, gibier de neuvième chambre ! On vient.

Un chuchotement rapide, un pas net qui descend et Mlle Sergent paraît, de noir vêtue, ses cheveux rouges incendiés par le soleil couchant, si semblable à elle-même que je me sens envie de la mordre et de lui sauter au cou, pour tout l'Autrefois qu'elle me rapporte dans son regard lucide et noir.

Elle s'arrête deux secondes ; cela suffit, elle a tout vu : vu que je suis Claudine, que j'ai les cheveux coupés, les yeux plus grands et la figure plus petite, que Renaud est mon mari et que c'est encore (je vous écoute !) un bel homme.

— Claudine ! oh ! vous n'avez pas changé... Pourquoi arriver sans me prévenir ? Bonjour, Monsieur. Cette enfant-là qui ne me dit rien de votre visite ! Est-ce que ça ne mérite pas un *pensum* de deux cents lignes ? Est-elle toujours aussi jeune et aussi terrible ? Êtes-vous bien sûr qu'elle fût bonne à épouser ?

— Non, Mademoiselle, pas sûr du tout. Seulement je n'avais pas assez de temps devant moi, et je voulais éviter un mariage *in extremis*.

Ça va bien, ils seront camarades, ils corderont. Mademoiselle aime les beaux mâles, encore qu'elle en use peu. Qu'ils se débrouillent.

Pendant qu'ils causent, je m'en vais fouiner dans le Grand Cours, cherchant ma table, celle où Luce fut ma voisine. Je finis par découvrir, sous l'encre répandue, sous des cicatrices fraîches ou décolorées, un reste d'inscription au couteau... *uce* et *Claudi*... *15 février 189*...

Y ai-je mis mes lèvres ? Je ne l'avouerai pas... En regardant de si près, ma bouche aura effleuré ce bois couturé... Mais, si je voulais ne pas mentir, je dirais maintenant que je me rends compte, je dirais que j'ai méconnu bien durement la tendresse servile de cette pauvre Luce, et qu'il m'a fallu deux ans, un mari, et le retour à cette école, pour comprendre ce que méritaient son humilité, sa fraîcheur, sa douce perversité offerte.

La voix de Mlle Sergent chasse mon rêve :

— Claudine ! Vous perdez le sens, je suppose ? Votre mari m'apprend que vos valises sont chez Lange !

— Pardi, il fallait bien : je ne pouvais pas laisser ma chemise de nuit à la consigne de la gare !

— C'est simplement ridicule ! J'ai un tas de lits vides là-haut, sans compter la chambre de Mlle Lanthenay...

— Comment ! Mlle Aimée n'est pas ici ? m'écrié-je avec trop d'étonnement.

— Voyons, voyons, où avez-vous la tête ? (Elle s'approche de moi et me passe la main sur les cheveux avec une ironie peu voilée.)

— Pendant les vacances, madame Claudine, les sous-maîtresses rentrent dans leurs familles.

(Bardadô ! Moi qui comptais sur le spectacle du ménage Sergent-Lanthenay pour édifier et réjouir Renaud ! Je m'imaginais que les vacances même ne pouvaient séparer ce couple si uni... Ah ! bien, cette petite rosse d'Aimée ne doit pas y traîner longtemps dans sa famille ! Je comprends, maintenant, chez Mademoiselle, cet accueil surprenant d'amabilité ; c'est que, Renaud et moi, nous ne dérangeons aucun tête-à-tête... quel dommage !)

— Merci de votre offre, Mmmzelle ; je serai très contente de me rajeunir un peu en passant la nuit à l'école... Qu'est-ce que c'est donc que cette petite Pomme verte qui nous a reçus ?

— C'est une nigaude qui a manqué son oral de brevet élémentaire, après avoir demandé une dispense. Quinze ans ; une histoire absurde ! Elle passe ses vacances ici en punition, mais ça ne l'émeut pas autrement. J'en ai deux comme elle, là-haut, des petites Parisiennes, qui prennent le frais jusqu'en octobre... Vous verrez tout ça... d'abord qu'on vous installe...

Elle me coule un regard de côté et demande de sa voix la plus naturelle :

— Vous voulez bien coucher dans la chambre de Mlle Aimée ?

— Je veux bien coucher dans la chambre de Mlle Aimée !

Renaud suit, flaire et continue à s'amuser. Les gauches dessins aux deux crayons, fixés par quatre punaises au mur du couloir, ont fait gonfler de joie ses narines et remuer ses moustaches ironiques.

La chambre de la favorite... Elle a embelli depuis moi... Ce lit blanc d'une personne et demie, ces liberty aux fenêtres et la garniture de cheminée (aïe !) en albâtre et cuivre, le soin luisant qui y règne et le léger parfum flottant aux plis des rideaux m'occupent à l'excès.

— Dis donc, petite à moi, questionne Renaud, la porte refermée, mais c'est très bien, ces chambres d'adjointes ! Ça me réconcilie avec ta laïque.

(Je pouffe.)

— Ah ! là là. Vous croyez que c'est le mobilier officiel ? Voyons, rappelez-vous : je vous ai longuement parlé d'Aimée et du rôle que joue ici cette favorite affichée. L'autre sous-maîtresse se contente d'un lit de fer, zéro mètre quatre-vingt-dix, d'une table en bois blanc et d'une cuvette où je ne noierais pas un enfant de Fanchette.

— Oh ! comment alors, c'est ici, dans cette chambre, que...
— Mon Dieu, oui, c'est ici, dans cette chambre, que...
— Claudine, tu ne saurais croire comme ces évocations scabreuses m'impressionnent...

Si, si, je saurais très bien le croire. Mais je suis résolument aveugle et sourde, et je considère le lit scandaleux avec une moue. Il est peut-être assez large pour Elles, mais pas pour nous. Je vais souffrir. Renaud sera insoutenable. J'aurai chaud et je ne pourrai pas mettre mes jambes en losange. Et puis, ce creux fatigué au milieu, zut !

Il faut la fenêtre ouverte et le cher paysage connu qu'elle encadre pour me rendre ma bonne humeur. Les bois, les champs étroits et pauvres, moissonnés, la Poterie qui rougeoie le soir...

— Ô Renaud ! aga là-bas ce toit en tuiles ! On y fabrique des petits pots bruns et vernis, des cruches à deux anses avec un petit nombril tubulaire et indécent...

— Des cruchekenpiss, ça est joli, pour une fois, sais-tu ?

— Autrefois, quand j'étais toute gobette, les potiers que j'allais voir et qui me donnaient des petits pots bruns et des gourdes plates me disaient fièrement, en secouant leurs gants d'argile mouillée : « C'est nous qu'on fournit l'auberge des Adrets à Paris. »

— Vrai, mon petit pâtre bouclé ? Moi qui suis un vieil homme, j'ai bu une fois ou deux dans ces pichets-là, sans deviner que tes doigts fins avaient peut-être frôlé leur ventre. Je t'aime...

Un tumulte de voix fraîches et de piétinements menus nous sépare. Les pas, dans le corridor, se ralentissent devant la porte ; les voix baissent et chuchotent ; on frappe deux coups timides :

— Entrez !

Pomme paraît, rouge et pénétrée de son importance :

— C'est nous, avec vos sacs que le père Racalin vient d'apporter de chez Lange.

Derrière elle, des tabliers noirs se pressent, une gobette d'environ dix ans, rousse, drôlette et gaie, une brunette de quatorze à quinze ans, toute mate, des yeux noirs, liquides et lumineux. Effarouchée de mon regard, elle s'efface et démasque une autre brunette du même âge, toute mate aussi, les mêmes yeux... Que c'est amusant ! Je la tire par sa manche :

— Combien êtes-vous de ce modèle-là ?

— Deux seulement : c'est ma sœur.
— J'en avais comme un vague pressentiment... Vous n'êtes pas d'ici, j'entends ça.
— Oh ! non... nous habitions Paris.

Le ton, le petit sourire mi-retenu de supériorité dédaigneuse sur la bouche ronde, elle est à manger, ma foi !

Pomme traîne la lourde valise que Renaud lui prend des mains, très empressé.

— Pomme, quel âge avez-vous ?
— Quinze ans deux mois, Monsieur.
— Vous n'êtes pas mariée, Pomme ?

Les voilà toutes parties à rire comme des poules ! Pomme se pâme avec ingénuité, les sœurs brunes et blanches y mettent plus de coquetterie. Et la gobette de dix ans, enfouie dans ses cheveux carotte, en fera, pour sûr, une maladie. À la bonne heure, je retrouve mon École !

— Pomme, poursuit Renaud sans s'émouvoir, je suis sûr que vous aimez les bonbons !

Pomme le regarde de ses yeux mordorés comme si elle lui donnait son âme :

— Oh ! oui, Monsieur !
— C'est bon, je vais en chercher. Laisse, chérie, je trouverai bien tout seul.

Je reste avec les petites qui surveillent le couloir et tremblent de se faire pincer dans la chambre de la dame. Je les veux familières et déchaînées.

— Comment vous appelez-vous, les petites noires et blanches ?
— Hélène Jousserand, Madame.
— Isabelle Jousserand, Madame.
— Ne m'appelez pas madame, jeunes nigaudinettes. Je suis Claudine. Vous ne savez pas qui est Claudine ?
— Oh ! si ! s'écrie Hélène (la plus jolie et la plus jeune), Mademoiselle nous dit toujours, quand on a fait quelque chose de mal...

(Sa sœur la pousse ; elle s'arrête.)

— Va donc, va donc, tu nous arales ! N'écoute pas ta sœur.
- Eh bien, elle dit : « Ma parole, c'est à fuir la place ! On se croirait revenu au temps de Claudine ! » ou bien : « Voilà qui est digne de Claudine, Mesdemoiselles ! »

(Exultante, je danse la chieuvre.)

— Quelle veine ! C'est moi l'épouvantail, c'est moi le monstre, la terreur légendaire !... Suis-je aussi laide que vous l'espériez ?

— Oh ! non, fait la petite Hélène, caressante et craintive, et qui voile vite ses doux yeux sous des cils à double grille.

L'âme frôleuse de Luce hante cette maison. Il se peut aussi que d'autres exemples... Je les ferai parler, ces deux petites filles. Éloignons l'autre.

— Dis donc, toi, va voir dans le couloir si j'y suis.

(La roussotte rechigne, affamée de curiosité, et ne bouge guère.)

— Nana, veux-tu écouter la dame ! crie Hélène Jousserand, toute rose de colère. Attends, ma vieille, si tu restes là, je dirai à Mademoiselle que tu portes les lettres de ta voisine de table dans la cour des garçons *en pour* des crottes en chocolat !

La gobette est déjà loin. Les bras aux épaules des deux sœurs, je les regarde de tout près. Hélène est plus gentille, Isabelle plus sérieuse, avec un duvet de moustache à peine visible, qui sera fâcheux plus tard.

— Hélène, Isabelle, il y a longtemps que Mlle Aimée est partie ?

— Il y a ... douze jours, répond Hélène.

— Treize, précise Isabelle.

— Dites donc, entre nous, elle est toujours bien, très bien, avec Mademoiselle ?

(Isabelle rougit, Hélène sourit.)

— Bon, je n'en demande pas davantage. C'était comme ça de mon temps ; il y a trois ans que cette... amitié dure, mes enfants !

— Oh ! se récrient-elles en même temps.

— Parfaitement, il y a environ deux ans que j'ai quitté l'École, et je les ai vues ensemble pendant toute une année... une année que je n'oublierai pas... Et, dites-moi, elle est toujours jolie, cette horreur de petite Lanthenay ?

— Oui, dit Isabelle.

— Pas tant que vous, murmure Hélène, qui s'apprivoise.

Comme je faisais à Luce, je lui enfonce mes ongles dans la nuque, par caresse. Elle ne cille pas. L'atmosphère de cette École reconquise me saoule.

Pomme, bienveillante, écoute, les mains pendantes et la bouche entrouverte, mais sans s'intéresser. Son âme est ailleurs. À chaque instant, elle se penche pour voir, par la fenêtre, si les bonbons n'arrivent pas.

Je veux encore savoir...

— Hélène, Isabelle, bavardez un peu. Qui sont les grandes de la première division, maintenant ?
— Il y a… Liline, et Mathilde…
— Non ! déjà ? C'est vrai, deux ans… Liline* est-elle encore bien ? Je l'avais appelée la Joconde. Ses yeux verts et gris, le silence de sa bouche aux coins serrés…
— Oh ! interrompt Hélène avec une lippe rose et humide, elle n'est pas si belle que ça, cette année du moins…
— Ne la croyez pas, réplique très vite Isabelle-la-Duvetée, c'est la mieux de toutes !
— Bah ! on sait pourquoi tu dis ça, et aussi pourquoi Mademoiselle vous a ôtées de la même table aux cours du soir ; quand vous « repassez » sur le même livre !…
(Les beaux yeux de l'aînée s'emplissent de larmes claires.)
— Voulez-vous laisser votre sœur, petit poison ! Avec ça que vous m'avez l'air d'une sainte ! Cette enfant ne fait qu'imiter les exemples donnés par Mademoiselle et Aimée, après tout…
Au fond, je délire de joie ; ça va bien, l'École a fait des progrès ! De mon temps, Luce seule m'écrivait des billets ; Anaïs elle-même n'en était qu'aux garçons. C'est qu'elles sont charmantes, celles-ci ! Je ne plains pas le docteur Dutertre, s'il continue à se déléguer cantonalement.
Notre groupe vaut d'être vu. Une brune à droite, une brune à gauche, la tête bouclée et excitée de Claudine au milieu, et cette fraîche Pomme innocemment contemplative… qu'on fasse entrer les vieux messieurs ! Quand je dis « les vieux »… J'en connais qui, jeunes encore… Renaud ne tardera pas à revenir…
— Pomme, regardez donc à la fenêtre si le monsieur aux bonbons n'arrive pas !… Est-ce que c'est son nom, Pomme ? demandé-je à ma jolie Hélène qui s'appuie, confiante, à mon épaule.
— Oui, elle s'appelle Marie Pomme ; on lui dit toujours « Pomme ».
— Elle n'a pas inventé la glace à trois pans, hé ?
— Oh ! ma foi, non. Mais elle ne fait pas de bruit et elle est de l'avis de tout le monde.
Je rêve, et elles me regardent. Petits animaux rassurés, elles inventorient d'un œil curieux et d'une patte légère mes cheveux coupés : « C'est naturel, leur frisure, n'est-ce pas ? », ma ceinture de daim blanc

---

\* Voir Claudine à l'École.

haute comme la main : « Tu vois, toi qui prétendais qu'on ne portait plus les ceintures larges » et sa boucle en or mat, présent — comme tout ce que j'ai — de Renaud, mon col cassé très raide et ma chemisette en linon bleu lavé à gros plis... L'heure coule... Je songe que je pars demain ; que tout ceci est un rêve court ; que je voudrais, jalouse d'un présent qui est mon passé déjà, marquer ici quelque chose ou quelqu'un d'un souvenir cuisant et doux... Je resserre mon bras sur l'épaule d'Hélène et je souffle d'une voix imperceptible :

— Si j'étais votre camarade d'école, petite Hélène, m'aimeriez-vous autant que votre sœur aime Liline ?

Ses yeux à l'espagnole, aux coins tombants, s'ouvrent larges et quasi peureux ; puis la grille des cils s'abaisse et les épaules se raidissent.

— Je ne sais pas encore...

(Ça suffit, moi je sais.)

Pomme, à la fenêtre, éclate en cris de joie : « Des sacs ! des sacs ! Il a des sacs ! »

Après cette explosion, l'entrée de Renaud s'opère dans un silence de vénération. Il a acheté tout ce que la confiserie médiocre de Montigny peut offrir : depuis les crottes en chocolat à la crème jusqu'aux berlingots rayés, jusqu'aux bonbons anglais qui sentent le ressouvenir de cidre aigre.

C'est égal, tant de bonbons !... J'en veux aussi ! Renaud, arrêté au seuil, regarde une minute notre groupe, avec un sourire... un sourire que je lui ai déjà vu quelquefois... et prend enfin pitié de Pomme palpitante.

— Pomme, qu'est-ce que vous préférez ?

— Tout ! jette Pomme enivrée.

— Oh ! s'écrient les deux autres indignées, si on peut !

— Pomme, poursuit Renaud qui mousse de plaisir, je vous donne ce sac-là si vous m'embrassez... Tu permets, Claudine ?

— Pardi, qu'est-ce que ça fait ?

Pomme hésite quatre secondes, tiraillée entre sa gourmandise effrénée et le sentiment des convenances. Elle implore, d'un regard mordoré et candide, ses camarades hostiles, moi, le ciel, les sacs que mon ami lui tend à bout de bras... Puis, avec la grâce un peu niaise de toute sa petite personne, elle se précipite au cou de Renaud, reçoit le sac et s'en va, rouge, l'ouvrir dans un coin...

Je pille, pendant ce temps, un paquet de chocolats, aidée silencieusement, mais vite, par la paire de sœurs. La petite main d'Hélène va et vient du sac à sa bouche, infatigable, sûre... Qui eût pensé que cette bouche menue fût si profonde !

Une cloche grêle nous interrompt et coupe la contemplation de Renaud. Les petites filles, épeurées, fuient sans dire merci, sans nous regarder, comme des chats voleurs...

Le dîner au réfectoire amuse prodigieusement Renaud et m'ennuie un peu. L'heure vague, le crépuscule violet que je sens peser et descendre sur les bois... je m'évade malgré moi... Mais mon cher Renaud est si content ! Ah ! que Mademoiselle, roublarde, a bien trouvé le chemin de sa curiosité ! Dans cette salle blanche, assise près de Renaud à la table recouverte de moleskine blanche, devant ces petites filles jolies qui n'ont pas quitté leur tablier noir et qui chipotent leur bouilli avec le dégoût de gamines qu'on a gorgées de bonbons, Mademoiselle parle de moi. Elle parle de moi, et baisse la voix parfois à cause des oreilles de lièvre que tendent vers nous les deux petites Jousserand. Fatiguée, j'écoute et je souris.

— ... C'était un terrible garçon, Monsieur, et longtemps je n'ai su qu'en faire. De quatorze à quinze ans, elle a vécu le plus souvent à vingt pieds du sol, et paraissait occupée uniquement de montrer ses jambes jusqu'aux yeux... Je lui ai vu quelquefois la cruauté des enfants pour les grandes personnes... (*aïe donc* !) Elle est restée ce qu'elle était, une délicieuse fillette... Quoiqu'elle ne m'aimât guère, je prenais plaisir à la voir remuer... une telle souplesse, une telle sûreté de mouvements... L'escalier qui conduit ici, je ne lui ai jamais vu descendre autrement qu'à cheval sur la rampe. Monsieur, quel exemple !

La perfidie de ce ton maternel m'amuse, à la longue, et allume dans les yeux de Renaud une noire et dangereuse lumière que je connais bien. Il regarde Pomme, et voit Claudine, Claudine à quatorze ans, et ses jambes montrées « jusqu'aux yeux » (jusqu'au yeux, Mademoiselle ! Le ton de la maison a singulièrement haussé, depuis mon départ). Il regarde Hélène et voit Claudine à califourchon sur une rampe d'escalier, Claudine et ses gestes narquois tachés d'encre violette... La nuit sera chaude... Et il éclate d'un rire nerveux quand Mademoiselle le quitte pour s'écrier : « Pomme, si vous prenez encore du sel avec vos doigts, je vous fais copier cinq pages de Blanchet ! »

La petite Hélène, silencieuse, cherche mon regard, l'évite quand elle l'a trouvé. Sa sœur Isabelle est décidément moins jolie ; cette ombre de moustache, quand le grand jour ne l'argente plus, lui fait une bouche d'enfant mal débarbouillé.

— Mademoiselle, dit Renaud en sursaut, autorisez-vous une distribution de bonbons demain matin ?

La gamine rousse et vorace, qui a léché tous les plats et mangé tous les croûtons pendant le dîner, laisse échapper un petit rugissement de convoitise. Non ! les yeux méprisants des trois grandes déjà gavées de saletés poisseuses !

— J'autorise, répond Mademoiselle. Elles ne méritent rien, ce sont des louaches*. Mais la circonstance est si exceptionnelle ! Qu'est-ce que vous attendez pour remercier, petites nigaudes ?... Allez, allez, au lit ! Il est près de neuf heures.

— Oh ! Mmmzelle, est-ce que Renaud peut voir le dortoir, avant que les gobettes se couchent ?

— Gobette vous-même ! Oui, on peut, concède-t-elle en se levant. Et vous, les sans-soin, gare si je trouve une brosse qui traîne !

Blanc gris, blanc bleu, blanc jaune : les murs, les rideaux, les lits étroits qui ont l'air d'enfants emmaillotés trop serré. Renaud renifle la singulière odeur qui flotte, odeur de fillettes bien portantes, de sommeil, senteur sèche et poivrée de la menthe des marais dont une botte se balance au plafond ; son nez subtil analyse, goûte et réfléchit. Mademoiselle, par habitude, plonge une main redoutable sous les traversins, à dessein d'y capter la tablette de chocolat marquée de dents rongeuses, ou la livraison à dix centimes prohibée...

— Tu as couché ici, Claudine ? me demande très bas Renaud, de qui les doigts brûlants pianotent sur mon épaule.

Fine oreille, Mademoiselle a saisi la question et prévenu ma réponse :

— Claudine ? jamais de la vie ! Et je ne le souhaitais pas. Dans quel état eût-on trouvé le lendemain le dortoir, — et les pensionnaires ?

« Et les pensionnaires », elle a dit ! Heullà-t-y possible ! Je ne peux pas, ma pudeur s'y oppose, tolérer plus longtemps ces allusions corsées. Filons nous coucher.

— Vous avez tout vu, Renaud ?

— Tout.

---

* Gnian-gnian (la louanche est la tique).

— Alors, allons dodo.

On chuchote sur nos talons. Je me doute bien de ce qu'elles murmurent, les petites brunes « Dis donc, elle va coucher avec le Monsieur, dans le lit de Mlle Aimée ?... il n'aura jamais vu tant d'hommes, le lit de Mlle Aimée ! »

Partons. Je jette un sourire à la petite Hélène, qui natte ses cheveux pour la nuit, le menton sur l'épaule. Partons donc !

La chambre étroite et claire, la lampe qui chauffe trop, la fenêtre bleue de nuit pure ; un chat qui longe, petit fantôme de velours, le rebord dangereux de la fenêtre...

L'ardeur renaissante de Monsieur mon Mari qui a frôlé toute la soirée des Claudines trop jeunes, l'énervement qui tire les coins de sa bouche en un sourire horizontal...

Le sommeil court de Claudine couchée sur le ventre et les mains jointes sur les reins « en captive ligotée », dit Renaud.

L'aube qui m'attire, en chemise, du lit à la fenêtre, pour regarder la brume voguer sur les bois du côté de Moutiers, et pour entendre de plus près la petite enclume de Choucas, qui sonne, ce matin, comme tous les matins d'autre fois, en sol dièze...

Tout m'est resté, de cette nuit-là.

Rien ne remue encore dans l'école, il n'est que six heures. Mais Renaud s'éveille, parce qu'il ne me sent plus dans le lit ; il écoute le martèlement argentin du forgeron, sifflote inconsciemment un motif de *Siegfried*...

Il n'est pas laid, le matin, et c'est encore une grande qualité pour un homme ! Il commence toujours par peigner ses cheveux vers la gauche avec ses doigts, puis se jette sur la carafe et boit un grand verre d'eau. Ceci me passe ! Comment peut-on boire froid le matin ? Et puisque je n'aime pas cela, comment peut-il l'aimer !

— Claudine, à quelle heure partons-nous ?

— Je ne sais pas. Si vite ?

— Si vite. Tu n'es pas assez à moi dans ce pays. Tu me trahis avec tous les bruits, toutes les odeurs, tous les visages retrouvés ; chaque arbre te possède...

(Je ris. Mais je ne réponds rien, car je pense que c'est un peu vrai. Et, puisque je n'ai plus mon gîte ici...)

— Nous partons à deux heures.

Rasséréné, Renaud considère les sucreries en tas sur la table.

— Claudine, si nous allions réveiller les petites avec les bonbons. Qu'en penses-tu ?

— Ben ! Si Mademoiselle nous voit...

— Tu crains le pensum vengeur ?

— Non-dà... Et puis, zut, ça sera plus drôle si elle nous pince !

— Ô Claudine ! Que j'aime ton âme écolière ! Viens que je te respire, cher petit cahier rouvert...

— Ouch ! vous froissez ma couverture, Renaud ! Et Mademoiselle sera levée si nous tardons...

Lui bleu en pyjama, moi blanche et longue dans ma grande chemise, et les cheveux jusqu'aux yeux, nous marchons, silencieux, chargés de bonbons. J'écoute à la porte du dortoir avant d'ouvrir... Rien. Elles sont silencieuses comme de petites mortes. J'ouvre tout doucement...

Comment peuvent-elles dormir, les misérables gobettes, dans le grand jour et ce soleil qui embrase les rideaux blancs !

Tout de suite, je cherche le lit d'Hélène : on ne voit pas sa mignonne figure enfouie, mais sa tresse noire seulement, comme un serpent déroulé. Près d'elle, sa sœur Isabelle fait la planche, à plat sur le dos, ses cils longs sur les joues, l'air sage et préoccupé ; et plus loin, la gamine rousse, en pantin jeté, un bras ici, un bras là, la bouche ouverte, la tignasse en auréole, ronflotte doucement... Mais Renaud regarde surtout Pomme, Pomme, qui a eu trop chaud et qui dort sur son lit, en chien de fusil, ensachée dans sa chemise de nuit à manches longues, la tête au niveau des genoux, son aimable petit derrière rond tendu... Elle a serré sa natte en corde, lissé ses cheveux à la chinoise, elle a une joue rouge et une joue rose, la bouche close et les poings fermés.

C'est gentil, tout ça ! Comme le personnel de l'École a embelli ! De mon temps les pensionnaires eussent inspiré la chasteté au « fumellier » Dutertre lui-même...

Séduit comme moi, et autrement aussi, Renaud s'approche du lit de Pomme, décidément sa préférée. Il laisse tomber un gros fondant vert à la pistache sur sa joue lisse. La joue tressaille, les mains s'ouvrent, et l'aimable petit derrière voilé s'émeut.

— Bonjour, Pomme.

Les yeux mordorés s'arrondissent, ébahis et accueillants. Pomme s'assied et ne comprend pas. Mais sa main s'est posée à plat sur le bonbon vert et râpeux. Pomme fait « ah ! », le gobe comme une cerise et prononce :

— Bonjour, Monsieur.

À sa voix claire, à mon rire, les draps ondulent sur le lit d'Hélène, la queue du serpent déroulé s'agite, et, plus brune qu'une fauvette à tête noire, Hélène se campe brusquement sur son séant. Le sommeil la quitte avec peine, elle nous regarde, renoue ses idées d'aujourd'hui à celles de la veille, et ses joues d'ambre deviennent roses. Décoiffée et charmante, elle repousse de la main une grande mèche obstinée qui barre son petit nez. Puis elle découvre Pomme assise et la bouche pleine.

— Ah ! crie-t-elle à son tour, elle va tout manger !

Son cri, son bras tendu, son angoisse puérile me ravissent. Je m'en vais m'accroupir en tailleur sur le pied de son lit, tandis qu'elle ramène ses pieds sous elle en rougissant davantage.

Sa sœur s'étire, balbutie, porte des mains pudiques à la grande chemise de nuit un peu dégrafée. Et la gamine carotte, Nana, gémit de convoitise, au bout de la salle, en se tordant les bras…, car Pomme, consciencieuse et infatigable, mange encore, et encore des bonbons…

— Renaud, c'est cruel ! Pomme est remplie d'attraits, je n'en disconviens pas, mais donnez aussi des bonbons à Hélène et aux autres !

Solennel, il hoche la tête et s'écarte :

— Bien ! que tout le monde écoute ! Je ne donne plus un seul bonbon… (*silence palpitant*) à moins qu'on ne vienne le chercher.

Elles se regardent, consternées. Mais la petite Nana a déjà mis hors du lit ses jambes courtaudes, et regarde ses pieds pour constater qu'ils sont propres et peuvent se montrer. Preste, et relevant sa grande chemise afin de ne pas trébucher, elle court à Renaud sur ses pattes nues qui font flic, flac, ébouriffée, semblable à un enfant des chromos de Noël. Et, maîtresse du sac ficelé que lui jette Renaud, elle retourne à son lit comme un chien content.

Pomme n'y tient plus et jaillit à son tour de ses draps ; insoucieuse d'un mollet rond que le jour a doré une seconde, elle court à Renaud qui lève haut les fondants convoités :

— Oh ! pleure-t-elle, trop petite, s'il vous plaît, Monsieur !

Et, puisque ça a réussi hier soir, elle jette ses bras au cou de Renaud et l'embrasse. Ça réussit encore très bien aujourd'hui. Ce jeu commence à m'agacer…

— Va donc, Hélène, murmure Isabelle rageuse.

— Vas-y toi-même, tiens ! Tu es la plus grande. Et la plus gourmande aussi.

— C'est pas vrai !

— Ah ! c'est pas vrai ? Eh bien, je n'y vais pas... Pomme les mangera tous... Si elle pouvait vomir, pour lui apprendre...

En songeant que Pomme les mangera tous, Isabelle saute à terre, tandis que je retiens Hélène par sa cheville mince à travers le drap :

— N'y allez pas, Hélène, je vous en donnerai, moi.

Isabelle revient victorieuse. Mais, pendant qu'elle monte hâtivement dans son lit, on entend la voix pointue de Nana glapir :

— Isabelle a du poil aux jambes ! Elle a du poil aux jambes, plein !

— Indécente ! indécente ! crie l'accusée qui, blottie dans son lit, ne laisse voir à présent que des yeux brillants et courroucés. Elle invective et menace Nana ; puis sa voix s'enroue, et elle fond en larmes sur son traversin.

— Là, Renaud ! voyez ce que vous faites !

(Il rit si fort, le méchant garçon, qu'il a laissé tomber le dernier sac qui s'est crevé à terre.)

— Dans quoi voulez-vous que je les ramasse ? demandé-je à ma petite Hélène.

— Je ne sais pas, je n'ai rien ici... ah ! tenez, ma cuvette, la troisième sur le lavabo...

(Dans la cuvette de fer émaillé, je lui apporte toutes ces saletés multicolores.)

— Renaud, allez donc voir un peu dehors, il me semble qu'on a marché ?

Et je reste assise sur le lit de ma petite Hélène qui suce et croque en me regardant en dessous. Quand je lui souris, elle rougit très vite, puis s'enhardit et sourit à son tour. Elle a un sourire blanc mouillé, d'un aspect frais et comestible...

— Pourquoi riez-vous, Hélène ?

— Je regarde votre chemise. Vous avez l'air un peu d'une pensionnaire, sauf que c'est du linon... non, de la batiste ? et qu'on voit au travers.

— Mais je suis une pensionnaire ! Vous ne le croyez pas ?

— Oh ! non... et c'est bien dommage.

(Ça va bien. Je me rapproche.)

— Je vous plais ?

— Oui..., beaucoup, murmure-t-elle, comme un soupir.

— Voulez-vous m'embrasser ?

— Non, proteste-t-elle vivement, tout bas et presque effrayée.

(Je me penche, et je lui dis de tout près) :

— Non ? je connais ces *non*, qui veulent dire *oui*... Je les ai dits moi-même, autrefois...

De ses yeux qui supplient, elle désigne ses camarades. Mais je me sens si méchante et si curieuse ! Et je vais la tourmenter de nouveau, de plus près encore..., quand la porte s'ouvre devant Renaud, précédant Mademoiselle en peignoir, que dis-je ? en robe d'intérieur, déjà coiffée pour la parade.

— Eh bien, madame Claudine, l'internat vous tente ?

— Eh ! eh ! il aurait de quoi me tenter cette année.

— Cette année seulement ? Comme le mariage m'a changé ma Claudine !... Allons, Mesdemoiselles, vous savez qu'il est près de huit heures ? Je regarderai à neuf heures moins un quart sous les lits, et, si j'y trouve la moindre chose, je vous la fais balayer avec votre langue !

Nous sortons du dortoir avec elle.

— Vous nous pardonnez, Mademoiselle, cette double intrusion matinale ? lui dis-je dans le corridor.

Aimable et ambiguë, elle répond à demi-voix :

— Oh ! en vacances ! Et j'y veux voir de la part de votre mari une gâterie toute... paternelle.

Je ne lui pardonnerai pas ce mot-là.

Je me souviens de la promenade avant déjeuner, du pèlerinage que je voulus faire jusqu'au seuil de « ma » maison d'autrefois, — que le séjour de cet odieux Paris m'a rendue plus chère encore — du serrement de cœur qui m'a tenue, immobile, devant le perron à double escalier et à rampe de fer noirci. Les yeux fixes, j'ai regardé l'anneau de cuivre usé où je me pendais pour sonner, au retour de l'école ; je l'ai tant regardé que je le sentais dans ma main. Et, tandis que Renaud contemplait la fenêtre de ma chambre, j'ai levé vers lui des yeux embus de larmes :

— Allons-nous-en, j'ai des peines...

Bouleversé de mon chagrin, il m'emmena silencieusement, serrée contre son bras. Je n'ai pas pu m'empêcher de faire virer du doigt l'*arrêteau* du volet à la fenêtre du rez-de-chaussée..., et voilà...

Et voilà, maintenant, que je regrette d'avoir voulu venir, poussée vers Montigny par les regrets, l'amour, l'orgueil. Oui, par l'orgueil aussi. J'ai voulu montrer mon beau mari... Est-ce bien un mari que cet amant paternel, ce protecteur voluptueux ?... J'ai voulu faire la gnée à Mademoiselle et à son Aimée absente. Et puis — cela m'apprendra — et puis me voici toute angoissée et petite, ne sachant plus bien où est ma vraie demeure, le cœur par terre entre deux gîtes !

À cause de moi, le déjeuner va tout en digoinche. Mademoiselle ne sait pas ce que signifie ma mine désemparée (moi non plus) ; les petites filles, écœurées de sucre, ne mangent pas. Renaud rit seul, questionne Pomme :

— Vous répondez oui à tout ce qu'on vous demande, Pomme ?

— Oui, Monsieur.

— Je ne saurais plaindre, Pomme ronde et rose, les heureux qui vous approcheront. Il y a en vous le plus bel avenir, un avenir fait d'équitable partage et de sérénité.

Puis il surveille de l'œil l'irritation possible de Mademoiselle, mais elle hausse les épaules, et répond au regard de Renaud :

— Oh ! ça n'a pas d'importance avec elle, elle ne comprend jamais.

— Peut-être qu'avec les gestes ?...

— Vous n'auriez pas le temps avant votre train, Monsieur. Pomme ne saisit qu'à la quatrième explication, c'est un minimum.

J'arrête d'un signe l'horreur que va répliquer mon vilain garçon de mari, horreur déjà guettée par ma petite Hélène, qui écoute de toutes ses oreilles. (« Ma petite Hélène », c'est un nom que je lui ai donné tout de suite.)

Adieu, tout cela ! Car, pendant que je boucle les valises, les grelots et les jurons du père Racalin tapagent dans la cour. Adieu !

J'ai aimé, j'aime encore ces corridors sonores et blancs, cette caserne aux angles de briques roses, l'horizon court et boisé ; j'ai aimé l'aversion que m'inspirait Mademoiselle, j'ai aimé sa petite Aimée, et Luce, qui n'en a jamais rien su.

Je m'arrête une minute sur ce palier, la main au mur frais.

Renaud, en bas, sous mes pieds, dialogue (encore !) avec Pomme.

— Adieu, Pomme.

— Adieu, Monsieur.

— Vous m'écrirez, Pomme ?

— Je ne sais pas votre nom.

— L'objection ne tient pas debout. Je m'appelle « le Mari de Claudine ». Vous me regretterez, au moins ?

— Oui, Monsieur.

— Surtout à cause des bonbons ?
— Oh ! oui, Monsieur.
— Pomme, c'est de l'enthousiasme que m'inspire votre déshonnête candeur. Embrassez-moi !

Derrière moi, un frôlement si doux... Ma petite Hélène est là. Je me retourne, elle est jolie, en silence, toute blanche et noire ; je lui souris. Elle voudrait bien me dire quelque chose. Mais je sais que c'est trop difficile, et elle me regarde seulement avec de beaux yeux noirs et blancs. Alors, comme en bas Pomme s'accroche, obéissante et paisible, au cou de Renaud, j'entoure d'un bras cette petite fille silencieuse, qui sent le crayon de cèdre et l'éventail en bois de santal. Elle frémit, puis cède, et c'est sur sa bouche élastique que je dis adieu à mon jeune passé...

À mon jeune passé ?... Je puis bien, ici, ne pas mentir..., Hélène accourue à la fenêtre, tremblante et déjà passionnée, pour me regarder partir, tu ne sauras pas ceci, qui t'emplirait de surprise chagrine : ce que j'ai embrassé sur ta bouche pressante et malhabile, c'est seulement le fantôme de Luce !

Avant de parler à Renaud, dans le train qui nous emmène, je regarde une dernière fois la tour, écrasée sous un orage laineux qui s'amasse, disparaître derrière un dos rond de colline. Puis, délestée comme si j'avais dit adieu à quelqu'un, je reviens à mon cher et léger ami, qui m'admire, pour n'en point perdre l'habitude, et m'enserre, et... je l'interromps :

— Dites, Renaud, c'est donc bien bon d'embrasser cette Pomme ?
(Sérieusement, je regarde ses yeux, sans parvenir à en distinguer le fond d'un noir bleu d'étang.)
— « Cette Pomme ? » chérie, me ferais-tu le grand honneur, le vif plaisir de devenir jalouse ?
— Oh ! vous savez, ce n'est pas un honneur : Pomme ne saurait m'apparaître comme une conquête honorable.
— Ma toute mince, ma toute jolie, si tu m'avais dit : « N'embrassez pas Pomme ! » je n'aurais même pas eu de mérite à la laisser !

Oui. Il fera tout ce que je veux. Mais il n'a pas répondu tout droit à ma question : « C'est donc bien bon d'embrasser cette Pomme ? » Il excelle à ne jamais se livrer, à glisser, à m'envelopper de tendresse évasive.

Il m'aime, cela est hors de doute, et plus que tout. Dieu merci, je l'aime, c'est aussi certain. Mais qu'il est plus femme que moi ! Comme je me sens plus simple, plus brutale... plus sombre... plus passionnée...

J'évite exprès de dire : plus droite. J'aurais pu le dire, il y a un an et quelques mois. Dans ce temps-là, je n'aurais pas, si vite tentée, en haut de l'escalier du dortoir, embrassé cette bouche de fillette, mouillée et froide comme un fruit fendu, sous couleur de dire adieu à mon passé d'école, à mon enfance en sarrau noir... J'aurais baisé seulement le pupitre où Luce pencha son front têtu.

Depuis un an et demi, je sens progresser en moi l'agréable et lente corruption que je dois à Renaud. À les regarder avec lui, les grandes choses s'amoindrissent, le sérieux de la vie diminue ; les futilités inutiles, nuisibles surtout, assument une importance énorme. Mais comment me défendre contre l'incurable et séduisante frivolité qui l'emporte, et moi avec lui ?

Il y a pis : Renaud m'a découvert le secret de la volupté donnée et ressentie, et je le détiens, et j'en jouis avec passion, comme un enfant d'une arme mortelle. Il m'a révélé le pouvoir, sûr et fréquent, de mon corps long, souple et musclé — une croupe dure, presque pas de seins, et la peau égale d'un vase lisse, — de mes yeux tabac d'Égypte, qui ont gagné en profondeur et en inquiétude ; d'une toison courte et renflée, couleur de châtaigne peu mûre... Toute cette force neuve, je m'en sers, seulement à demi consciente, sur Renaud — oh ! oui — comme, restée deux jours de plus à l'École, je l'eusse exercée sur cette Hélène charmante...

Oui, oui, ne me poussez pas, ou je dirai que c'est à cause de Renaud que j'ai baisé la bouche de la petite Hélène !

— Claudine petite et silencieuse, à quoi penses-tu ?

Il me demandait cela, je m'en souviens, à Heidelberg, sur la terrasse de l'hôtel, pendant que mes yeux erraient de l'ample courbe du Neckar aux ruines truquées du Schloss, au-dessous de nous.

Assise par terre, j'ai levé mon menton de mes deux poings :
— Je pense au jardin.
— Quel jardin ?
— Oh ! « quel jardin ! » Le jardin de Montigny, donc !

Renaud jette sa cigarette blonde. Car il vit comme un dieu dans les nuages et les parfums des gianaclis.

— Drôle de petite fille... Devant ce paysage-là ! Me diras-tu qu'il est plus beau, le jardin de Montigny que ceci ?
— Non, pardi. Mais il est à moi.

C'est bien ça ! Vingt fois nous nous sommes expliqués sans nous comprendre. Avec des baisers, de tendres baisers un peu méprisants, Renaud m'a traitée de petite âme acagnardée, de vagabonde assise. En riant, je lui ai répliqué que son *home* tenait dans une valise. Nous avons raison tous deux, mais je le blâme puisqu'il ne pense pas comme moi.

Il a trop voyagé, moi pas assez. Moi, je n'ai de nomade que l'esprit. Je vais gaiement à la suite de Renaud, puisque je l'adore. Mais j'aime les courses qui ont une fin. Lui, amoureux du voyage pour le voyage, il se lève joyeux sous un ciel étranger, en songeant qu'aujourd'hui il partira encore. Il aspire aux montagnes de ce pays proche, à l'âpre vin de cet autre, au factice agrément de cette ville d'eaux peignée et fleurie, à la solitude de ce hameau perché. Et il s'en va, ne regrettant ni le hameau, ni les fleurs, ni le vin puissant...

Moi, je le suis. Et je goûte — si, si, je goûte aussi — la ville aimable, le soleil derrière les pins, l'air sonore de la montagne. Mais je me sens, au pied, un fil dont l'autre bout s'enroule et se noue au vieux noyer, dans le jardin de Montigny.

Je ne me crois pas une fille dénaturée ! Et pourtant, il faut que j'avoue ceci : Fanchette m'a manqué, durant nos voyages, presque autant que Papa. Mon noble père ne m'a guère fait défaut qu'en Allemagne, où me le rappelaient ces cartes postales et ces chromos wagnériens, ennoblis d'Odin et de Wotan qui, tous, lui ressemblent, l'œil en moins. Ils sont beaux ; ils brandissent, comme lui, d'inoffensives foudres ; comme lui, ils ont la barbe en tempête et le geste dominateur ;

et j'imagine que leur vocabulaire contient, comme le sien, tous les gros mots de l'âge fabuleux.

Je lui écrivis peu, il me répondit rarement, tendre et bousculé, en un style savoureusement hybride, où des périodes d'une cadence à ravir Chateaubriand (je flatte un peu Papa) recelaient en leur sein — en leur auguste sein — les plus effarants jurons. J'appris par ces lettres, peu banales, que, hors M. Maria, qui, fidèle, silencieux, secrétaire toujours, rien ne va... « Je ne sais pas si j'en dois accuser ton absence, petite bourrique, m'expliquait mon cher père, mais je commence à trouver Paris infect, surtout depuis que ce rebut de l'humanité qui a nom X... vient de publier un traité de *Malacologie universelle*, bête à faire vomir les lions accroupis au seuil de l'Institut. Comment l'Éternelle Justice dispense-t-elle encore la lumière du jour à de tels salauds ! »

Mélie me décrivit bien, aussi, l'état d'âme de Fanchette depuis mon départ, sa désolation clamée pendant des jours et des jours, mais l'écriture de Mélie se rapproche de l'hiéroglyphe plus que du jambage, et on ne saurait entretenir avec elle une correspondance suivie.

Fanchette me pleure ! Cette idée m'a poursuivie. Et toute fuite de matou pauvre, au détour d'un mur, me faisait tressaillir pendant mon voyage. Vingt fois j'ai quitté le bras de Renaud surpris pour courir dire à une chatte, assise grave sur un seuil : « Ma Fîîîlle ! » Souvent choquée, la petite bête appuyait, d'un mouvement digne, son menton sur son jabot renflé. Mais j'insistais, j'ajoutais des onomatopées en séries mineures et aiguës, et je voyais les yeux verts se fondre en douceur, s'amenuiser en sourire, la tête plate et caressante râper durement le chambranle dans un salut de politesse ; et la chatte tournait trois fois, ce qui signifie clairement : « Vous me plaisez. »

Jamais Renaud n'a témoigné d'impatience devant ces crises félinophiles. Mais je lui soupçonne plus d'indulgence que de compréhension. Il est bien capable, le monstre, de n'avoir jamais caressé ma Fanchette que par diplomatie.

Comme j'erre volontiers dans ce passé récent ! Renaud, lui, vit dans l'avenir ; cet homme, que la crainte de vieillir dévore, et qui, devant les glaces, constate avec des minuties désespérées les lacis de ses petites rides au coin des yeux, ce même homme trépide dans le présent et pousse, fiévreux, Aujourd'hui vers Demain. Moi, je m'attarde au passé, ce passé fût-il Hier, et je me retourne en arrière, presque toujours avec un regret. On dirait que le mariage (zut ! non, l'amour) a précisé en moi certaines façons de sentir, plus vieilles que moi. Renaud s'en étonne. Mais il m'aime ; et si l'amant que j'ai en lui cesse de me comprendre, je me réfugie en lui encore, au cher grand ami paternel ! Je suis, pour lui, une fille confiante, qui s'étaie à son père choisi, qui se raconte à lui, quasiment en cachette de l'amant. Mieux : s'il arrive à Renaud-amant de s'immiscer en tiers entre Renaud-papa et Claudine-sa-fille, celle-ci le reçoit comme un chat dans une table à ouvrage. Le pauvre doit attendre alors, impatient et déçu, le retour de Claudine, qui vient, toute légère reposée, lui apporter sa résistance peu durable, son silence et sa flamme.

Hélas ! tout ce que je note là, un peu au hasard, ne fait pas que je comprenne où est la fêlure. Mon Dieu, je la sens pourtant !

Nous voici chez nous ; finies, les courses lassantes du retour ; calmée, la fièvre de Renaud qui voudrait que le nouveau gîte me plût.

Il m'a priée de choisir entre deux appartements, qui sont siens tous deux. (Deux appartements, c'est pas guère pour un Renaud...) « S'ils ne te conviennent pas, mon enfant chérie, nous en trouverons un autre plus joli que ces deux-là. » J'ai résisté au désir de répondre : « Montrez-moi le troisième », et, ressaisie par mon insurmontable horreur du déménagement, j'ai examiné, assez consciencieuse, j'ai flairé surtout. Et, reconnaissant plus sympathique à mon nez irritable l'odeur de celui-ci, je l'ai choisi. Il y manquait peu de chose ; mais Renaud, soucieux du détail, et d'esprit plus femme que moi, s'est ingénié, fureteur, à compléter un ensemble sans trou ni tare. Inquiet de me plaire, inquiet aussi de tout ce qui peut choquer son œil trop averti, il m'a consultée vingt fois. Ma première réponse fut sincère : « Ça m'est égal ! », la seconde aussi ; au chapitre du lit, « cette clef de voûte du bonheur conjugal », comme s'exprime Papa, je donnai mon avis, net :

— Je voudrais mon lit bateau à rideaux de perse.

(Sur quoi mon pauvre Renaud leva des bras désemparés) :

— Misère de moi ! un lit bateau dans une chambre Louis XV ! D'ailleurs, chérie, monstrueuse petite fille, songe donc ! Il lui faudrait mettre une rallonge, que dis-je ? une rallarge...

Oui, je sais bien. Mais qu'est-ce que vous voulez ? Je ne pouvais pas m'intéresser beaucoup à un mobilier que je ne connaissais pas, — pas encore. Le grand lit bas est devenu mon ami, et le cabinet de toilette aussi, et quelques vastes fauteuils en cabanon. Mais le reste continue à me regarder, si j'ose dire, d'un œil ombrageux ; l'armoire à glace louche quand je passe ; la table du salon, à pieds galbés, cherche à me donner des crocs-en-jambe, et je le lui rends bien.

Deux mois, Seigneur, deux mois, ça ne suffit donc pas pour apprivoiser un appartement ! Et j'étouffe la voix de la raison, qui grogne : « En deux mois on apprivoise beaucoup de mobiliers, mais pas une Claudine. »

Fanchette consentirait-elle à vivre ici ? Je l'ai retrouvée rue Jacob, la chère blanche et belle, on ne l'avait pas avertie de mon retour, et j'ai eu gros cœur à la voir prostrée d'émotion à mes pieds, sans voix, tandis que ma main sur son tiède ventre rose ne parvenait pas à compter les pulsations affolées de son cœur de chatte. Je l'ai étendue sur le flanc pour peigner sa robe ternie ; à ce geste familier elle a levé sa tête avec un regard si plein de choses : reproche, tendresse sûre, tourment accepté avec joie... Oh ! petite bête blanche, comme je me sens proche de toi, à te si bien entendre !

J'ai revu mon noble père, barbu de trois couleurs, haut et vaste, plein de mots sonores et d'inutile combativité. Sans le savoir bien, nous nous aimons, et j'ai compris tout ce que sa phrase d'accueil : « Daigneras-tu m'embrasser, vile engeance ? » contenait de vrai plaisir. Je crois qu'il a grandi depuis deux ans. Sans rire ! et la preuve, c'est qu'il m'a avoué se sentir à l'étroit rue Jacob. Je reconnais qu'il a ajouté ensuite : « Tu comprends, j'ai acheté, ces temps-ci, pour rien, des bouquins à l'Hôtel des ventes... Dix-neuf cents, au moins... Sacré mille troupeaux de cochons ! J'ai été forcé de les foutre au garde-meuble ! C'est si petit, cette turne... Au lieu que, dans cette chambre du fond qu'on n'ouvre jamais, à Montigny, je pourrais... » Il tourne la tête et tire sa barbe, mais nos yeux ont eu le temps de se croiser, avec un drôle de regard. Il est f..., il est capable, veux-je dire, de retourner là-bas, comme il est venu ici, sans motif...

J'élude ce que j'ai de pénible à écrire. Ce n'est peut-être rien de grave ? Si ça pouvait n'être rien de grave ! Voici :

Depuis hier tout est en place chez Ren... chez nous. On ne reverra plus la tatillonnerie importante du tapissier, ni l'incurable distraction du poseur de stores qui égarait pendant un quart d'heure, toutes les cinq minutes, ses petites machines en cuivre doré. Renaud se sent à l'aise, se promène, rit à une petite pendule correcte, malmène un cadre qui n'est pas d'équerre. Il m'a prise sous son bras pour faire le tour des propriétaires ; il m'a laissée, après un baiser réussi, dans le salon (sans doute pour aller travailler de son état dans la *Revue diplomatique*, régler le sort de l'Europe avec Jacobsen, et traiter Abdul-Hamid comme il le mérite), en me disant : « Mon petit despote, tu peux régner à ta guise. »

Assise et désœuvrée, ma songerie m'emporte, longtemps. Puis une heure sonne, je ne sais pas laquelle, et me met debout, incertaine du temps présent. Je me retrouve devant la glace de la cheminée, épinglant à la hâte mon chapeau... *pour rentrer*.

C'est tout. Et c'est un écroulement. Ça ne vous dit rien, à vous ? Vous avez de la veine.

Pour rentrer ! Mais où ? Mais je ne suis donc pas chez moi ici ? Non, non, et tout le malheur est là.

Pour rentrer ! où ? Pas chez Papa, bien sûr, qui entasse sur mon lit des montagnes de sales papiers. Pas à Montigny, puisque, ni la chère maison… ni l'École…

Pour rentrer ! Je n'ai donc pas de demeure ? Non ! J'habite ici chez un monsieur, un monsieur que j'aime, soit, mais j'habite chez un monsieur ! Hélas ! Claudine, plante arrachée de sa terre, tes racines étaient donc si longues ? Que dira Renaud ? Rien. Il ne peut rien.

Où rentrer ? En moi. Creuser dans ma peine, dans ma peine déraisonnable et indicible, et me coucher en rond dans ce trou.

Assise de nouveau, mon chapeau sur la tête, les mains serrées très fort l'une dans l'autre, je creuse.

Mon journal est sans avenir. Je l'ai quitté voilà cinq mois sur une impression triste, et je lui en veux. D'ailleurs je n'ai pas le temps de le tenir au courant. Renaud me répand et m'exhibe dans le monde, un peu dans tous les mondes, plus que je ne souhaiterais. Mais puisqu'il est fier de moi, s'pas, je ne peux pas lui faire de peine en refusant de l'accompagner...

Son mariage — je n'en savais rien — a remué la foule variée (j'allais écrire « maillacée ») des gens qu'il connaît. Non, il ne les connaît pas. Lui, on le connaît énormément. Mais il n'est pas capable de mettre un nom sur la moitié des individus avec qui il échange des *shakehands* cordiaux et qu'il me présente. Éparpillement, légèreté, incorrigible, il n'est attaché sérieusement à rien... qu'à moi. « Qui est ce monsieur, Renaud ? — C'est... Bon, son nom m'échappe. » Enfin ! Il paraît que le métier veut ça ; il paraît que le fait de rédiger des études profondes pour de graves publications diplomatiques vous procure, infailliblement, la poignée de main d'un tas de genreux, de femmes maquillées (demi-mondaines ou mondaines tout entières), de théâtreuses indiscrètes et cramponnes, de peintres et de modèles...

Mais Renaud fait tenir dans ces trois mots de présentation « Ma femme, Claudine » tant d'orgueil conjugal et paternel (dont la naïveté tendre, chez ce Parisien blasé, me touche), que je rentre mes piquants et que j'efface tout de même les plis amassés entre mes sourcils. Et puis, j'ai d'autres dédommagements : une joie vengeresse à répondre, quand Renaud me nomme vaguement un « Monsieur... Durand » :

— Vous m'avez dit avant-hier qu'il s'appelait Dupont !

La moustache claire et la figure foncée s'empreignent de consternation :

— Je t'ai dit ça ? Tu es sûre ? Me voilà propre ! Je les ai confondus tous deux avec... l'autre, enfin, ce crétin que je tutoie parce que nous étions ensemble en sixième.

N'importe, je m'habitue mal à des intimités aussi vagues.

J'ai recueilli, ici et là, dans les couloirs de l'Opéra-Comique, aux concerts Chevillard et Colonne, en soirée, en soirée surtout — au moment où la crainte de la musique assombrit les visages –, des regards et des paroles qui ne marquaient pas, à mon sujet, une exclusive bienveillance. On s'occupe donc de moi ? Ah ! c'est vrai, je suis la femme de Renaud, ici, comme à Montigny il est le mari de Claudine.

Ces Parisiens parlent bas, mais les oreilles des gens du Fresnois entendraient pousser l'herbe.

On dit : « C'est bien jeune. » On dit : « Trop brune... l'air mauvais... — Comment, trop brune ? Elle a des boucles châtain. — Ces cheveux courts, c'est pour forcer l'attention ! Renaud a du goût pourtant. » On dit : « D'où ça sort-il ? — C'est montmartrois. — C'est slave, le menton petit et les tempes larges. — Ça sort d'un roman unisexuel de Pierre Louÿs... — Quel âge a-t-il donc, pour se plaire déjà aux petites filles, Renaud ? »

Renaud, Renaud... Voilà qui est caractéristique : on ne le désigne jamais que par son prénom.

Hier, mon mari me demande :
— Claudine, tu prendras un jour ?
— Pour quoi faire, grand Dieu !
— Pour bavarder, pour « faire patiapatia », comme tu dis.
— Avec qui ?
— Avec des femmes du monde.
— Je n'aime pas beaucoup les femmes du monde.
— Avec des hommes aussi.
— Ne me tentez pas !... Non, je ne prendrai pas de jour. Pensez-vous que je sache recevoir ?
— J'en ai bien un, moi !
— Oh ! vous ?... Eh bien, gardez-le ; je viendrai vous voir à votre jour. Allez, c'est plus prudent. Sans quoi, je serais capable, au bout d'une heure, de dire à vos belles amies : « Allez-vous-en, je suis rebutée. Vous m'aralez ! »

Il n'insiste pas (il n'insiste jamais), il m'embrasse (il m'embrasse toujours) et sort en riant.

Pour cette misanthropie, pour cette aversion craintive du « monde », maintes fois proclamée, mon beau-fils Marcel m'accable de son mépris courtois. Ce petit garçon, si insensible aux femmes, recherche assidûment leur compagnie, papote, touche des étoffes, verse du thé sans tacher les robes délicates, et clabaude avec passion. Quand je l'appelle « ce petit garçon », j'ai tort. À vingt ans, on n'est plus un petit garçon, et lui restera longtemps petite fille. À mon retour, je l'ai trouvé encore charmant, mais tout de même un peu fripé, mince à l'excès, les yeux agrandis et l'expression détraquée, trois fines rides précoces au coin des paupières... Les doit-il à Charlie seul ?

La colère de Renaud contre cet enfant fourbe n'a pas duré très longtemps : « Je ne peux pas oublier que c'est mon petit, Claudine. Et peut-être, si je l'avais élevé mieux... » Moi, j'ai pardonné à Marcel par indifférence. (Indifférence, orgueil, intérêt inavoué — et assez inavouable — pour les déviations de sa vie sentimentale.) Et je ressens un doux plaisir, qui ne s'émousse pas, à regarder, sous l'œil gauche de cette fille ratée, la ligne blanche qu'y a laissée ma griffe\* !

Mais ce Marcel m'étonne. Je m'attendais à sa rancune inlassable, à

---

\* *Voir Claudine à Paris.*

une hostilité ouverte. Rien de tout cela ! De l'ironie souvent, du dédain aussi, de la curiosité, c'est tout.

Sa seule occupation, c'est lui-même ! Souvent, il se regarde dans les glaces, et tire, des deux index appuyés sur les sourcils, la peau de son front aussi haut qu'elle peut monter. Surprise de ce geste, maladif à force d'être fréquent, je l'interroge : « C'est pour reposer l'épiderme au-dessous des yeux », répond-il fort sérieusement. Il allonge au crayon bleu le cerne de ses paupières ; il risque de trop beaux boutons de manchettes en turquoises. Pouah ! À quarante ans, il sera sinistre...

Malgré ce qui s'est passé entre nous, il n'éprouve pas de gêne à me faire des demi-confidences, par bravade inconsciente, ou par détraquement moral qui va s'aggravant. Hier, il traînait, ici, la grâce exténuée de sa taille trop fine, de son visage animé d'une fièvre lumineuse.

— Vous semblez éreinté, Marcel ?

— C'est que je le suis.

Le ton agressif est de mise entre nous. C'est un jeu, ça ne signifie pas grand-chose.

— Charlier, toujours ?

— Oh ! je vous en prie !... Il sied à une jeune femme d'ignorer, ou du moins d'oublier certains désordres d'esprit... c'est bien « désordres » que vous dites ?

— Ma foi, oui, on dit « désordres »... je n'oserais pas ajouter, « d'esprit ».

— Merci pour le corps. Mais, entre nous, ma fatigue n'a rien dont Charlier se doive enorgueillir. Charlie ! un indécis, un flottant...

— Allons donc !

— Croyez-moi. Je le connais mieux que vous...

— Je m'en flatte.

— Oui, c'est un timoré, au fond.

— Tout au fond...

— De l'histoire ancienne, notre amitié... Je ne la renie pas, je la romps, et sur des incidents pas très propres...

— Comment, le beau Charlie ? Des histoires d'argent ?...

— Pis que ça. Il a oublié chez moi un carnet plein de lettres de femmes !

Avec quel dégoût haineux il a mâché son accusation ! Je le regarde, en réfléchissant profondément. C'est un dévoyé, un malheureux enfant — presque irresponsable — mais il a raison. Il faut seulement se mettre à sa place (eh là !) en imagination.

Il est dit que tout m'arrivera brusquement, les joies, les peines, les événements sans importance. Non pas, mon Dieu, que je me spécialise dans l'extraordinaire ; à part mon mariage... Mais le temps s'écoule pour moi comme pour la grande aiguille de certaines horloges publiques ; elle est là bien tranquille pendant cinquante-neuf secondes, et, tout d'un coup, elle saute sans transition dans la minute suivante, avec une saccade ataxique. Les minutes la saisissent sans douceur, comme moi... Je n'ai pas dit que ce fût absolument et toujours désagréable, mais...

Voici ma dernière saccade : je vais voir Papa, Mélie, Fanchette et Limaçon. Ce dernier, splendide et rayé, forniqué avec sa mère et nous ramène aux plus mauvais jours de l'histoire des Atrides. Le reste du temps, il arpente le logis, arrogant, léonin et rageur.

Aucune des vertus de son aimable et blanche mère n'a passé en lui.

Mélie se précipite, portant dans la main le globe de son sein gauche, comme Charlemagne celui du monde...

— Ma France adorée, j'allais te faire un mot d'écrit !... Si tu savais, tout est au feu et à sang ici... Tiens, t'es gente avec ce chapeau-là...

— Applette, applette ! Tout est à feu et à sang ! Pourquoi ? Limaçon a renversé son... crachoir ?

(Blessée de mon ironie, Mélie se retire.)

— C'est comme ça ? Va demander à Monsieur, tu verras voir.

Intriguée, j'entre sans frapper chez Papa, qui se retourne au bruit et démasque une caisse énorme, qu'il remplit de bouquins. Sa belle figure velue revêt une expression inédite : fureur inoffensive, gêne, confusion puérile.

— C'est toi, petite bourrique ?

— Il y a apparence. Qu'est-ce que tu fais donc, Papa ?

— Je... range des papiers.

— Quel drôle de portefeuille tu as là ! Mais... je la connais cette caisse... Ça vient de Montigny, ça !

Papa a pris son parti. Il boutonne sa redingote à taille, s'assied en prenant des temps et croise les bras sur sa barbe :

— Ça vient de Montigny et ça y retourne ! C'est compris ?

— Non, pas du tout.

(Il me dévisage, les sourcils rabattus en buissons, baisse la voix, et risque le paquet) :

— Je fous le camp !

J'avais très bien compris. Je sentais venir cette fuite sans cause. Pourquoi est-il venu ? pourquoi s'en va-t-il ? Je rêve. Papa est une force de la Nature ; il sert l'obscur Destin. Sans le savoir, il est venu ici, pour que je pusse rencontrer Renaud ; il s'en va, ayant rempli sa mission de père irresponsable...

Comme je n'ai rien répondu, cet homme terrible se rassure.

— Tu comprends, j'en ai assez ! Je me crève les yeux dans cette turne ; j'ai affaire à des gredins, à des gniafs, à des galapiats. Je ne peux pas remuer un doigt sans heurter le mur ; les ailes de mon esprit se déchirent à l'ignorance universelle... Sacré mille troupeaux de cochons galeux ! Je retourne à ma vieille cambuse ! Viendras-tu m'y voir, avec le malandrin que tu épousas ?

(Ce Renaud ! Il a séduit même Papa, qui le voit rarement, mais ne parle jamais de lui sans une particulière inflexion de tendresse bourrue.)

— Parié, voui, j'irai.

— Mais... j'ai bien des choses importantes à te dire : quoi faire de la chatte ? Elle est habituée à moi, cette bête...

— La chatte ?...

(C'est vrai, la chatte !... Il l'aime beaucoup. Mélie sera là d'ailleurs, et je me méfie pour Fanchette du valet de chambre de Renaud, de la cuisinière de Renaud... Ma chérie, ma fille, je dors à présent contre une autre chaleur que la tienne... Je me décide) :

— Emmène-la. Je verrai plus tard ; peut-être la reprendrai-je...

(Je sais surtout que, sous prétexte de devoir filial, je pourrai revoir la maison enchantée de souvenirs telle que je l'ai laissée, l'École suspecte et chère... Au fond, je bénis l'exode paternel.)

— Emmène ma chambre aussi, Papa. J'y coucherai quand nous irons te voir.

(D'un geste, le rempart de la Malacologie m'abîme sous son mépris.)

— Pouah ! tu ne rougiras pas de cohabiter sous mon toit impollué avec ton mari, comme vous faites toutes, bêtes impures ! Qu'est-ce, pour vous, que la chasteté régénératrice ?

Que je l'aime ainsi ! Je l'embrasse et je m'en vais, le laissant en train d'enfouir ses trésors dans la vaste caisse, et de fredonner allègrement une paysannerie dont il raffole :

> *Vous comprenez ben c'que parler veut dire :*
> *Elle a mis sa main sur sa tirelire,*
> *Vous m'comprenez bien,*
> *Je n'dirai plus rien !*

Si c'est ça, l'hymne à la Chasteté régénératrice !

— Décidément, chérie, je vais reprendre mon jour.

J'apprends cette grave nouvelle de Renaud dans notre cabinet de toilette où je me déshabille. Nous avons passé la soirée chez la mère Barman et assisté, pour changer, à une solide prise de bec entre cette chouette épaissie et le goujat tapageur qui partage sa destinée. Elle lui dit : « Vous êtes commun ! » Il réplique : « Vous embêtez tout le monde avec vos prétentions littéraires ! » Tous deux ont raison. Il hurle, elle piaille. La séance continue. À court d'invectives, il jette sa serviette, quitte la table et grimpe tumultueusement dans sa chambre. Tout le monde soupire et se détend, on dîne à l'aise, et au dessert l'amphitryonne expédie la femme de chambre Eugénie amadouer (à l'aide de quels procédés mystérieux ?) le gros homme, qui finit par redescendre calmé, sans faire jamais d'excuses. Cependant Gréveuille, l'académicien exquis, qui craint les coups, donne fort à sa vénérable amie, pelote le mari, et reprend du fromage.

Dans ce milieu charmant, j'apporte en écot ma tête frisée, mes yeux soupçonneux et doux, un décolletage ambigu — cou robuste et nuque renflée sur des épaules minces — et un mutisme gênant pour mes voisins de table.

On ne me fait pas la cour. Mon mariage récent tient encore à distance, et je ne suis pas de la race qui cherche à attirer les flirts.

Un mercredi, chez cette mère Barman, je fus traquée, poliment, par un jeune et joli garçon de lettres. (Beaux yeux, ce petit, un soupçon de blépharite ; n'importe...) Il me compara — toujours mes cheveux courts ! — à Myrtocleia, à un jeune Hermès, à un Amour de Prud'hon ; il fouilla, pour moi, sa mémoire et les musées secrets, cita tant de chefs-d'œuvre hermaphrodites que je songeai à Luce, à Marcel, et qu'il faillit me gâter un cassoulet divin, spécialité de la maison, servi dans de petites marmites cerclées d'argent. « À chacun sa marmite ; comme c'est amusant, n'est-ce pas, cher maître ? » chuchotait Maugis dans l'oreille de Gréveuille, et le pique-assiette sexagénaire acquiesçait d'un asymétrique sourire.

Mon petit complimenteur, excité par ses propres évocations, ne me lâchait plus. Blottie dans une guérite Louis XV, j'entendais, sans l'écouter qu'à peine, défiler sa littérature... Il me contemplait de ses yeux caressants, à longs cils, et murmurait, pour nous deux :

— Ah ! c'est la rêverie de Narcisse enfant, que la vôtre, c'est son âme emplie de volupté et d'amertume...

— Monsieur, lui fis-je fermement, vous divaguez. Je n'ai l'âme pleine que de haricots rouges et de petits lardons fumés.

Il se tut, foudroyé.

Renaud me gronda un peu, et rit davantage.

— Vous reprenez votre jour, mon ami doux ?

Il a installé son grand corps dans un fauteuil de paille et je me déshabille avec le chaste sans-gêne qui m'est habituel. Chaste ? disons : dépourvu d'arrière-pensée.

— Oui. Qu'est-ce que tu comptes faire, mon enfant chérie ? Tu étais bien jolie et bien pâlotte, tout à l'heure, chez la Barman au nez crochu...

— Ce que je compte faire quand vous aurez repris votre jour ? Mais je compte aller vous voir.

— C'est tout ? dit son menton déçu.

— Oui, c'est tout ; et qu'y ferais-je à votre jour ?

— Mais enfin, Claudine, tu es ma femme !

— À qui la faute ? Si vous m'aviez écoutée, je serais votre maîtresse, musée bien tranquille dans un petit rabicoin...

— Rabicoin ?

— Oui, dans un petit cagibi quelconque, loin de tout votre monde, et vos réceptions suivraient leur train accoutumé. Faites donc comme si vous étiez mon amant...

(Mon Dieu, il me prend au mot ! Parce que je viens de relever, d'un pied leste, mon jupon de soie mauve tombé à terre, mon grand mari se mobilise, féru de la double Claudine reflétée dans la glace...)

— Ôtez-vous de là, Renaud ! Ce monsieur en habit noir, cette petite en pantalon, fi ! Ça fait Marcel Prévost dans ses chapitres de grand libertinage...

La vérité, c'est que Renaud aime le bavardage des miroirs et leur

lumière polissonne, tandis que je les fuis, dédaigneuse de leurs révélations, chercheuse d'obscurité, de silence et de vertige…
— Renaud, mon beau ! nous parlions de votre jour…
— Zut pour mon jour ! J'aime mieux ta nuit !

*P*apa s'en est donc allé comme il était venu. Je ne l'ai point conduit à la gare, peu curieuse des tempêtes du départ, que je devine : drapé dans une nuée d'orage, il invectivera, sans moi, la « tourbe immonde » des employés, les gavera, méprisant, de somptueux pourboires, et oubliera de payer son omnibus.

Mélie me regrette, sincèrement, mais la permission d'emmener Fanchette panse « à c't'heure » tous ses regrets. Pauvre Mélie, sa *guéline* lui demeure incompréhensible ! Comment, j'ai épousé l'ami que j'ai choisi ; comment, je couche avec lui tant que je veux — et même davantage — j'habite une jolie *méson*, j'ai un domestique mâle, une voiture au mois, et je ne suis pas plus faraude que ça ? Pour Mélie, la farauderie doit se porter à l'extérieur.

D'ailleurs... aurait-elle un brin raison ? En présence de Renaud, je ne songe à rien, — qu'à lui. Il est plus absorbant qu'une femme choyée. La vie intense qu'il porte en lui s'extériorise en sourires, en paroles, en fredonnements, en exigences amoureuses ; tendrement, il m'accuse de ne pas lui faire la cour, de pouvoir lire en sa présence, d'avoir trop fréquemment les yeux accrochés à un point dans l'espace... Hors de sa présence, je sens la gêne d'une situation anormale, illicite. L'« état de mariage » n'est-il point fait pour moi ? Je devrais pourtant m'y habituer. Après tout, Renaud n'a que ce qu'il mérite. Il n'avait qu'à ne pas m'épouser...

Qu'on se le dise ! Mon mari a repris son jour.

On se l'est dit.

Qu'est-ce que Renaud a pu faire au bon Dieu pour mériter tant d'amis ? Dans le cabinet de travail en cuir couleur mulâtre qui sent bon le tabac d'Orient, dans l'antichambre longue où l'on exila les dessins et les pochades de toute provenance, le valet de chambre Ernest a introduit une quarantaine de personnes, hommes, femmes, et Marcel.

Au premier coup de sonnette, je bondis sur mes pieds et je cours m'enfermer dans le rassurant cabinet de toilette. On sonne... On résonne. À chaque trille du timbre, la peau de mon dos remue désagréablement, et je songe à Fanchette, qui, les jours de pluie, regarde, avec les mêmes ondes nerveuses sur l'échine, de grosses gouttes choir de la gouttière crevée... Las ! il est bien question de Fanchette ! Voici maintenant que Renaud parlemente à travers la porte verrouillée de mon refuge.

— Claudine, ma petite fille, ce n'est plus possible... J'ai dit d'abord que tu n'étais pas rentrée, mais, je t'assure, la situation devient critique : Maugis prétend que je te cache dans un souterrain connu de Dieu seul...

Je l'écoute en me regardant dans la glace et en riant malgré moi.

— Les gens vont croire que tu as peur...

(Ce lâche ! il a dit ce qu'il fallait dire ! Je brosse mes cheveux sur mon front, je tâte la fermeture de ma jupe et j'ouvre la porte.)

— Puis-je me montrer ainsi à votre monde ?

— Oui, oui, je t'adore en noir.

— Pardi, vous m'adorez en toute couleur.

— Surtout en couleur chair, c'est vrai... Viens vite !

On a déjà beaucoup fumé chez mon mari ; l'odeur du thé flotte avec celle de gingembre, — et ces fraises, ces sandwiches au jambon, au foie gras, au caviar, — comme ça sent vite le restaurant de nuit dans une pièce chaude !

Je m'assieds et je « fais visite ». Mon mari m'offre du thé comme à la dernière arrivée, et c'est la jolie Cypriote au nom paradoxal, Mme van Langendonck, qui m'apporte de la crème. À la bonne heure !

Je retrouve, chez... Renaud, les vagues figures rencontrées aux concerts et au théâtre : les grands critiques et les petits, les uns avec leurs femmes, et les autres avec leurs amies. Parfaitement. J'ai insisté pour que mon mari ne fît point d'épuration — le vilain mot ! la chose eût été aussi laide. — Et, encore une fois, ce n'est pas moi qui reçois.

Maugis, un verre à bordeaux plein de kummel à la main, interroge, avec un intérêt merveilleusement joué, l'auteur d'un roman féministe en train de lui exposer la thèse développée dans son prochain livre ; l'interviewé parle, infatigable ; l'autre boit sans relâche. Dûment gris, il demande enfin d'une voix pâteuse :

— Et, et le titre de cet œuvre puissante ?

— Il n'est pas encore arrêté.

— Tâchez de faire comme lui.

Lors, il s'éloigne d'un pas raide.

Du clan nombreux des étrangers, j'extrais un sculpteur espagnol, qui a de beaux yeux de cheval, une bouche dessinée purement, une connaissance relative de notre langue, et qui s'occupe surtout de peinture.

Je lui avoue sans embarras que j'ignore presque tout le Louvre, et que je croupis dans mon ignorance sans trop de fièvre d'en sortir.

— Vous né connais pas les Roubens ?

— Non.

— Vous n'avez pas l'envie de les voir ?

— Non.

Sur ce, il se lève, cambre une jambe andalouse et m'assène ceci, dans un grand salut respectueux :

— Vous êtes un côchon, Madame !

Une belle dame, qui appartient à l'Opéra (et à un ami de Renaud), sursaute et nous regarde, espérant un esclandre. Elle ne l'aura pas. J'ai très bien compris cet esthète transpyrénéen, qui dispose d'un seul terme péjoratif. Il ne connaît que « cochon » ; nous n'avons qu'un mot pour dire « aimer », c'est tout aussi ridicule.

Quelqu'un est entré et Renaud s'exclame :

— Je vous croyais à Londres ! C'est vendu alors ?

— C'est vendu. Nous habitons Paris, fait une voix brisée, avec un rien d'accent anglais, à peine perceptible.

Un grand homme blond se tient debout, carré, portant droite une petite tête brique aux yeux d'un bleu sans transparence. Il est, comme je dis, carré et bien mis, mais il a une raideur d'homme qui pense tout le temps à se tenir droit et à paraître solide.

Sa femme... on nous présente l'une à l'autre sans que je l'entende très bien. Je suis occupée à la regarder, et j'aperçois vite une des plus réelles raisons de son charme : tous ses gestes, volte des hanches, flexion de la nuque, vif haussement d'un bras vers la chevelure, balancement orbiculaire de la taille assise, tracent des courbes si voisines du cercle que je lis le dessin, anneaux entrelacés, spirales parfaites des coquilles marines, qu'ont laissé, écrits dans l'air, ses mouvements doux.

Ses yeux, à cils longs, d'un gris ambré et variable, semblent plus foncés sous les cheveux d'or léger, ondés et verdissants. Une robe de panne noire, coupe sobre, étoffe trop riche, colle à ses hanches rondes et mobiles, à la taille mince et pourtant non serrée. Une toute petite étoile de diamants, tête d'une longue épingle, brille dans les amazones du chapeau.

Hors du manchon de renard, elle m'a tendu une menotte rapide et chaude, et son regard fait le tour de moi. Ne va-t-elle pas parler avec un accent étranger ? Je ne sais pourquoi, malgré la robe correcte, l'absence de bijoux et même de sautoir, je la trouve un peu rasta. Elle a des yeux qui ne sont pas d'ici. Elle parle... écoutons... eh bien, elle parle sans le moindre accent. Comme on est bête de s'imaginer des choses ! Sa bouche fraîche, étroite au repos, devient, en s'ouvrant, tentante et fleurie. Tout de suite, elle effeuille des amabilités :

— Je suis très contente de vous connaître ; j'étais sûre que votre mari dénicherait une petite femme dont chacun pût s'étonner et s'éprendre.

— Merci pour mon mari ! Mais ne m'adresserez-vous pas, maintenant, un compliment qui ne flatte que moi seule ?

— Vous n'en avez que faire. Résignez-vous seulement à ne ressembler à personne.

Elle bouge à peine, ne risque que des gestes retenus, mais, rien que pour s'asseoir près de moi, elle a eu l'air de virer deux fois dans sa robe.

Sommes-nous en coquetterie déjà, ou en hostilité ? En coquetterie plutôt ; malgré sa louange de tout à l'heure, je ne me sens pas la moindre envie de la grafigner, elle est charmante. De plus près je compte ses spirales, ses courbes multiples ; ses cheveux obéissants tournent sur sa nuque ; son oreille s'enroule, compliquée et délicate ; et ses cils en rayons et les plumes frémissantes couchées en rond sur son chapeau semblent écartés d'elle par une giration invisible.

Si je lui demandais combien elle compte, dans ses ascendants, de derviches tourneurs ? Non, il ne faut pas ; Renaud me gronderait. Et, d'ailleurs, pourquoi choquer si tôt cette attachante Mme Lambrook ?

— Renaud vous a parlé de nous ? interroge-t-elle.

— Jamais. Vous vous connaissez beaucoup ?

— Je crois bien !... ça fait six fois, au moins que nous avons dîné ensemble. Et je ne compte pas les soirées.

Se moque-t-elle de moi ? Est-elle ironique ou niaise ? Nous verrons cela plus tard. Pour le moment, je m'enchante de son parler lent, de sa voix câline où, de temps en temps, s'attarde et roucoule un *r* rebelle.

Je la laisse parler tandis qu'elle ne me quitte pas des yeux et qu'elle constate de près, myope et sans gêne, la couleur de mes prunelles, assortie à celle de mes cheveux courts.

Et elle se raconte. En un quart d'heure, je sais que son mari est un ancien officier anglais, fondu et vidé par les Indes, où il a laissé ses forces et son activité d'esprit. Il n'est plus qu'une belle carcasse, elle le fait bien entendre. Je sais qu'elle est riche, mais « jamais, jamais assez », dit-elle passionnément ; que sa mère, Viennoise, lui a donné de beaux cheveux, une peau de volubilis blanc (je cite) et le nom de Rézi.

— Rézi... votre nom sent la groseille...

— Ici, oui. Mais je crois qu'à Vienne c'est un diminutif à peu près aussi distingué que Nana ou Titine.

— Ça m'est égal... Rézi. Que c'est joli, ce Rézi !

— C'est joli parce que vous le dites joliment.

Ses doigts nus caressent ma nuque découverte, si rapidement que je sursaute, plus nerveuse qu'étonnée, car, depuis deux minutes, je voyais ses yeux mouvants enserrer mon cou d'un collier de regards.

— Rézi...

C'est son mari, cette fois, qui veut l'emmener. Il vient me saluer, et ses opaques prunelles bleues me gênent. Une belle carcasse !... Je pense qu'il y peut loger encore assez de jalousie et de despotisme, car, à son bref appel, Rézi s'est levée sans objection, vite. Cet homme s'exprime en termes espacés et lents (comme s'il « prenait du souffleur » tous les trois mots, dit Maugis). Évidemment, il soigne sa diction pour supprimer tout accent anglais.

Il est convenu qu' « on se verra souvent », que « Mme Claudine est une merveille ». J'irai voir, si je tiens ma promesse, cette blonde Rézi chez elle, à deux pas, avenue Kléber.

Rézi... Toute sa personne fleure un parfum de fougère et d'iris, odeur honnête, simplette et agreste qui surprend et ravit par contraste, car je ne lui découvre rien d'agreste, de simplet, ni, ma foi, d'honnête, elle est bien trop jolie ! Elle m'a parlé de son mari, de ses voyages, de moi, mais je ne sais rien d'elle-même, que son charme.

— Eh bien, Claudine ?...
Mon cher grand, énervé et content, se délecte à contempler le salon enfin vide. Assiettes salies, petits fours mordillés et abandonnés, cendre de cigarettes posées sur un bras de fauteuil et sur le rebord des console (sont-ils sans gêne, ces animaux de visiteurs !), verres poissés d'affreuses mixtures : car j'ai surpris un poète méridional, classiquement chevelu, occupé à combiner l'orangeade, le kummel, le cognac, le cherry Rocher et l'anisette russe ! « Une *Jézabel* liquide », s'est écriée la petite Mme de Lizery (la bonne amie de Robert Parville), qui m'a appris qu'aux Oiseaux les élèves ferrées sur *Athalie*, appelaient tous les « horribles mélanges » des *Jézabel*.

— Eh bien, Claudine, tu ne me dis rien de mon jour ?
— Votre jour, mon pauvre ! Je pense que vous êtes autant à plaindre qu'à blâmer..., et qu'il faut ouvrir les fenêtres. Il reste pas mal de ces petits choux à la noisette, qui ont bonne tournure ; êtes-vous certain, comme dirait mon noble père, que personne ne s'est « essuyé les pieds » avec ?

(Renaud hoche la tête et presse ses tempes. La migraine le guette.)

— Ton noble père a toutes les prudences. Imite-le, et ne touche pas à ces denrées suspectes. J'ai vu Suzanne de Lizery y mettre les mains, des mains frôleuses qui sortaient je ne sais d'où, et portaient des traces de fatigue à leurs ongles cernés...

— Bouac !... Taisez-vous, ou je ne pourrai pas dîner. Allons dans le cabinet de toilette.

Mon mari a tant reçu aujourd'hui que je me sens abominablement lasse. Lui — ô jeune Renaud aux cheveux d'argent — me semble plus animé que jamais. Il erre, bavarde et rit, me respire, ce qui chasse, paraît-il, toute velléité de migraine, et circuite autour de mon fauteuil.

— Qu'avez-vous à tourner comme une bondrée ?
— Une bondrée, en vérité ? J'ignore la bondrée. Laisse-moi deviner... Je vois, dans la bondrée, un petit animal au nez busqué... Bondrée ! une petite bête marron, qui frappe du sabot et qui a un sale caractère. Hein ?

Cette image d'un oiseau de proie-quadrupède m'a jetée dans un accès de gaieté si jeune que mon mari s'arrête, presque offusqué, devant moi. Mais je ris de plus belle, et ses yeux changent, s'aiguisent :

— Mon petit pâtre bouclé, c'est si drôle ? Ris encore, que je vois le fond de ta bouche...

Gare ! me voilà en péril d'être aimée un peu vivement...

— Non-dà, pas avant le dîner.

— Après ?

— Je ne sais pas...

— Alors, avant et après. Admires-tu, comme je sais tout concilier ?

Faible et lâche Claudine ! Il a certains baisers qui sont des « Sésame... » et après lesquels je ne veux plus rien connaître que la nuit, la nudité, la lutte silencieuse et vaine pour me retenir, une minute encore, une minute, au bord de la joie.

— Renaud, qu'est-ce que c'est que ces gens-là ?

(La lampe éteinte, je gagne ma place dans le lit, ma place sur son épaule, où l'attache ronde du bras me fait un doux traversin accoutumé. Renaud range ses grandes jambes où j'agrippe mes pieds frileux et cherche, de sa nuque renversée, le centre d'une galette de crin qui lui sert d'oreiller. Immuables apprêts pour la nuit, suivis ou précédés de rites presque aussi quotidiens...)

— Quelles gens, mon enfant à moi ?

— Les Rézi... les Lambrook, je veux dire.

— Ah !... je pensais bien que la femme te plairait...

— Dites vite, qui c'est ?

— Eh bien, c'est un couple... charmant, mais mal assorti. Chez la femme, j'apprécie des épaules et une gorge veinées de bleu laiteux — qu'elle montre aux dîners priés, autant qu'en peut montrer une créature jeune et soucieuse du plaisir d'autrui ; — une coquetterie insinuante, de geste plus que de parole, le goût du campement provisoire. Chez le mari, cet effondrement masqué d'épaules carrées et de correction m'avait intéressé. Le colonel Lambrook est resté aux Colonies, son haillon physique est revenu seul. Il poursuit là-bas une vie ignorée, cesse de répondre dès qu'on lui parle de ses chères Indes, et se mure dans un silence rogue pour dissimuler son émoi. Quel attrait de souffrance, de beauté, de cruauté chère le tient là-bas ? — on l'ignore. Et c'est si rare, petite fille, une âme assez fermée pour garder contre tout son secret !

(Est-ce si rare, cher Renaud ?)

— ...La première fois que j'ai dîné chez eux, il y a deux ans, j'ai goûté, dans le bazar fantastique qui leur servait alors de *home*, un joli bourgogne, ma foi. J'ai demandé si j'en pourrais trouver de semblable : « Oui, dit Lambrook, il n'est pas cher. » Il cherche un instant, et relevant sa figure de terre cuite : « Vingt roupies, je pense. » Et il avait réintégré l'Europe depuis dix ans.

Je songe une minute, muette, contre la chaleur de mon ami.

— Renaud, est-ce qu'il aime sa femme ?

— Peut-être oui, peut-être non. Il lui témoigne un mélange de brutalité et de politesse qui ne me dit rien de bon.

— Est-ce qu'elle le trompe ?

— Mon oiseau chéri, comment le saurais-je ?

— Dame, elle aurait pu être votre maîtresse...

(Le ton convaincu de ma phrase secoue Renaud d'une gaieté intempestive.)

— Tenez-vous tranquille, vous saccagez ma place. Je n'ai rien dit d'extravagant. Cette supposition n'a de quoi choquer ni vous ni elle... Est-ce qu'elle a des amies que vous connaissez ?

— Mais c'est une enquête... pis, une conquête, Claudine, je ne te vis jamais occupée autant d'une inconnue !

— C'est vrai ; d'ailleurs, je me forme. Vous m'accusez de sauvagerie, je songe à me créer des relations. Et puisque je rencontre une femme jolie, dont le son de voix m'agrée, dont la main m'est sympathique, je m'informe d'elle, je...

— Claudine, interrompt Renaud avec un sérieux taquin, ne trouves-tu pas que Rézi a quelque chose de Luce, dans... dans la peau ?

Le vilain homme ! Pourquoi tout défleurir d'un mot ?... Je me retourne d'un saut de poisson et m'en vais chercher le sommeil à l'est du grand lit, dans des régions chastes et froides...

Grande lacune dans mon journal. Je n'ai pas mis à jour la comptabilité de mes impressions, et je me tromperai sûrement dans les totaux. La vie continue. Il fait froid, Renaud s'agite, allègre. Il me voiture d'une première à une autre, et crie bien haut que le théâtre l'assomme, que la grossièreté obligatoire du « moyen » le révolte...

— Mais, Renaud, s'étonne la simple Claudine, pourquoi y allez-vous ?

— Pour... tu vas me mépriser, mon petit juge... Pour voir les gens. Pour voir si Annhine de Lys marche encore avec Miss Flossie, l'amie de Willy ; si le Reboux de la jolie Mme Mundoë est réussi ; si l'étrange Polaire, séduisante avec ses yeux de gazelle amoureuse, détient toujours le record de la taille d'abeille ; pour constater Mendès, lyrique, parler son flamboyant compte rendu à minuit et demi, assis à une table de souper ; pour m'épanouir devant la grotesque mère Barman, à qui Gréveuille sert, dit Maugis, de chamelier servant ; pour admirer l'aigrette de colonel qui surmonte cette fouine engraissée : Mme de Saint-Niketês...

Non, je ne le méprise pas, pour tant de légèreté. Et d'ailleurs ça n'aurait aucune importance, puisque je l'aime. Je sais que le public des premières n'écoute jamais la pièce. Moi, j'écoute, j'écoute passionnément... ou bien je dis : « Ça me rebute. » Renaud m'envie des convictions aussi simples et aussi vives : « Tu es jeune, ma petite fille... » Pas tant que lui ! Il m'aime, travaille, visite, potine, dîne dehors, reçoit le vendredi à quatre heures, et trouve le temps de songer à un boléro de zibeline pour moi. De temps en temps, seul à seule, il détend sa figure charmante et lassée, m'étreint contre lui et soupire, avec une angoisse profonde : « Claudine, mon enfant chérie, que je suis vieux ! Je sens les minutes me rider une à une, ça fait mal, ça fait si mal ! » S'il savait comme je l'adore ainsi, et comme j'espère que les années calmeront sa fièvre de parade ! Alors, quand il voudra bien ne plus poitriner, alors seulement nous nous rejoindrons complètement, alors je cesserai de m'essouffler auprès de ses quarante-cinq ans piaffeurs.

Un jour, avec un ressouvenir amusé du sculpteur andalou et de son « Vous êtes un côchon, Madame ! » j'ai voulu découvrir le Louvre, et admirer sans guide ces Rubens nouveaux. Parée de mon boléro de zibeline et de la toque semblable qui me coiffe d'une bête roulée, je suis partie, brave et seule, pas topographe pour un sou, et perdue, comme une noce de Zola, à chaque tournant de galerie. Car si je flaire, sous bois, l'orient et l'heure, je m'égare dans un appartement de plain-pied.

J'ai trouvé les Rubens. Ils me dégoûtent. Voilà, ils me dégoûtent ! J'essaie loyalement, pendant une bonne demi-heure, de me monter littérairement le bourrichon (le style Maugis me gagne) ; non ! cette viande, tant de viande, cette Marie de Médicis mafflue et poudrée dont les seins ruissellent, ce guerrier dodu, son époux, qu'enlève un zéphir glorieux — et robuste — zut, zut, et zut ! Je ne comprendrai jamais. Si Renaud et les amies de Renaud savaient ça !... Et, tant pis ! Si on me pousse, je dirai ce que je pense.

Attristée, je m'en vais à petit pas — pour résister à une envie de glissades sur le parquet poli — à travers les chef-d'œuvres qui me considèrent.

Ah ! ah ! ça va bien, voilà des gens d'Espagne et d'Italie qui valaient quelque chose. Tout de même, ils ont du toupet d'étiqueter « Saint Jean Baptiste » cette figure aguicheuse et pointue du Vinci qui sourit, col penché, comme Mlle Moreno...

Dieu ! qu'il est beau ! J'ai donc trouvé, par hasard, l'enfant qui m'eût fait pécher. Une veine qu'il est sur toile ! Qui est-ce ? « Portrait d'un sculpteur », par Bronzino. Mais, sous les cheveux noirs et drus, je voudrais toucher ce gonflement du front au-dessus des sourcils, et la lèvre ondulée et brutale, et baiser ces yeux de page cynique... Cette main blanche et nue modelait des statuettes ? Je veux bien le croire. Au ton du visage, j'imagine que cette peau sans duvet est de celles qui verdissent, ivoire ancien, aux aines et au creux postérieur des genoux... Une peau chaude partout, même aux mollets... Et la paume des mains, moite...

Que fais-je là ? Rouge et mal éveillée, je regarde autour de moi... Ce que je fais ? je trompe Renaud, pardi !

Il faudra que je raconte à Rézi cet esthétique adultère. Elle rira, de son rire qui part brusque et s'arrête languissant. Car nous sommes,

Rézi et moi, deux bonnes amies. Quinze jours y ont suffi, — c'est ce que Renaud nommerait « une vieille intimité ».

Deux bonnes amies, oui-dà. Je suis ravie d'elle, elle, enchantée de moi. D'ailleurs, nous ne nous témoignons aucune confiance réelle. Sans doute, c'est encore un peu tôt. Trop tôt pour moi, à coup sûr. Rézi ne mérite pas l'âme de Claudine. Je lui donne ma présence fréquente, ma tête court bouclée qu'elle se plaît à coiffer — tâche vaine ! — et mon visage qu'elle semble aimer sans jalousie, pris entre ses deux mains douces, durant qu'elle regarde dit-elle danser mes yeux.

Elle me fait les honneurs de sa beauté et de sa grâce, avec une insistance coquette. Depuis quelques jours, je vais chez elle chaque matin à onze heures.

Les Lambrook habitent, avenue Kléber, un de ces appartements modernes où l'on a tant sacrifié au concierge, à l'escalier, aux premier et second salons — boiseries assez fines, bonne copie du Louis XV enfant de Van Loo — que les pièces privées prennent jour et air où elles peuvent. Rézi couche dans une longue chambre noire et s'habille dans une galerie. Mais ce cabinet de toilette incommode me plaît, surchauffé constamment. Et Rézi s'y vêt et dévêt par des procédés de féerie. Assise bien sage sur un fauteuil bas, je l'admire.

La voilà en chemise ; ses cheveux merveilleux, teintés de rose par l'électricité aveuglante, de vert métallique par le jour bleu et bas, s'attisent lorsqu'elle « encense » pour les éparpiller. À toute heure, ce jour double et faux de la fenêtre insuffisante et des ampoules excessives éclaire Rézi d'une lumière théâtrale.

Elle brosse ses cheveux de brume bondissante... Un coup de baguette : grâce à un peigne magique, voilà tout cet or rassemblé, poli et tordu, sur une nuque aux ondes assagies. Comment ça tient-il ? Les yeux grands ouverts, je suis prête à implorer : « encore ! » Rézi n'attend pas mon souhait. Un autre coup de baguette : et cette jolie femme en chemise se dresse, moulée dans une robe de drap sombre, en chapeau, prête à sortir. Le corset à busc droit, le pantalon effronté, le jupon mol et silencieux se sont abattus sur elle comme des oiseaux empressés. Alors Rézi, triomphante, me regarde et rit.

Son déshabillage ne présente pas moins d'attrait. Les vêtements tombent, tous à la fois et comme liés l'un à l'autre, car cette émule charmante de Fregoli ne conserve que sa chemise de jour... et son chapeau. Que ce chapeau m'agace, et m'étonne ! C'est lui qu'elle épingle sur sa tête, avant de mettre son corset, c'est lui qu'elle quitte après ses bas. Elle se baigne en chapeau, me raconte-t-elle.

— Mais pourquoi ce culte du couvre-chef ?

— Je ne sais pas... Affaire de pudeur, peut-être. Si je me sauvais la nuit, pour fuir un incendie, ça me serait égal de courir dehors toute nue, — mais pas sans chapeau.

— Ben, vrai ! Les pompiers auraient du goût !

Elle est plus jolie, moins grande aussi que je ne l'avais vue d'abord, d'une blancheur qui s'anime rarement de rose, d'une petitesse harmonieuse. Sa myopie, le gris incertain des yeux, la mobilité des cils dissimulent sa pensée. En somme, je ne la connais guère, malgré la spontanéité de cette parole qui lui jaillit à notre quatrième entrevue :

— Je raffole de trois choses, Claudine : des voyages, de Paris... et de vous.

Elle est née à Paris et l'aime en étrangère ; passionnée des odeurs froides et douteuses, de l'heure où le gaz rougit le crépuscule bleu, des théâtres et de la rue.

— Nulle part, Claudine, les femmes ne sont jolies comme à Paris ! (Laissons Montigny hors de cause, chère...) C'est à Paris que se voient les plus attachantes figures de beauté finissante, des femmes de quarante ans, maquillées et serrées avec rage, qui ont conservé leur nez fin, leurs yeux de jeune fille, et qui se laissent regarder avec plaisir et amertume...

Ce n'est pas une niaise qui pense et parle ainsi. Ce jour-là, j'ai serré ses doigts pointus qui dessinaient ses paroles en vrilles de vigne, comme pour la remercier de penser joliment. Le lendemain, elle frémissait d'aise à la vitrine de Liberty, pour une facile harmonie de satins safran et rose !

Presque chaque jour, un peu avant midi, quand je me décide, régulièrement en retard, à quitter l'avenue Kléber, et ce fauteuil bas où je voudrais rester encore, pour rentrer, pour retrouver mon mari et mon déjeuner, la hâte de Renaud à m'embrasser et son appétit de viandes roses (car il ne se nourrit pas, comme moi, de mauviettes et de bananes), la porte du cabinet de toilette s'ouvre sans bruit et encadre la trompeuse robustesse de Lambrook. Hier encore...

— Par où êtes-vous venu ? s'écrie Rézi agacée.

— Par l'avenue des Champs-Élysées, répond cet homme calme.

Puis il s'attarde à me baiser la main, inspecte mon boléro ouvert, dévisage Rézi en corset et finit par dire à sa femme :

— Ma chère, que de temps vous perdez à vous attifer !

Songeant à la prestesse fantastique de mon amie, j'éclate de rire. Lambrook ne bronche pas ; sa peau cuite fonce légèrement. Il demande des nouvelles de Renaud, souhaite nous voir bientôt à sa table, et s'en va.

— Rézi, qu'est-ce qu'il a ?

— Rien. Mais, Claudine, ne riez pas quand il me parle... il croit que vous vous moquez.

— Vrai ? Ça m'est égal !

— Pas à moi. J'aurai une scène... Sa jalousie me pèse.

— Jaloux de moi ? À quel titre ? Est-il gourde, cet homme !

— Il 'aime pas que j'aie une amie...

Aurait-il ses raisons, le mari ?

Pourtant, rien dans les façons de Rézi ne me conduit à le croire... Quelquefois, elle me regarde longtemps, sans que cillent ses yeux myopes aux paupières presque parallèles — un détail qui les fait sembler plus longs –, sa bouche mince, fermée, s'entrouvre, devint enfantine et tentatrice. Un petit frisson lui effleure les épaules, elle rit nerveusement, s'écrie : « Quelqu'un a marché sur ma tombe !... » et m'embrasse. C'est tout. Il y aurait bien de la vanité de ma part à supposer...

Je n'encourage rien. Je laisse passer le temps, je contemple sous toutes ses nuances cette Rézi irisée, et j'attends ce qui viendra : j'attends, j'attends... avec plus de paresse que d'honnêteté.

J'ai vu Rézi ce matin. Ça ne l'empêche pas d'accourir chez moi, impatiente, vers cinq heures. Elle s'assied, comme Fanchette se couche, après deux tours complets ; son costume tailleur bleu foncé roussit l'or de ses cheveux ; un chapeau d'oiseaux, compliqué, la coiffe d'une bataille de mouettes grises, si mouvementées que j'entendrais, sans trop de surprise, piailler tous ces becs confondus.

Elle s'installe comme on se réfugie... et soupire.

— Qu'y a-t-il, Rézi ?

— Rien. Je m'ennuie chez moi. Les gens qui viennent chez moi m'ennuient. Un flirt, deux flirts, trois flirts aujourd'hui... je les ai assez vus ! La monotonie de ces hommes-là ! J'ai failli battre le troisième.

— Pourquoi le troisième ?

— Parce qu'il m'a dit, une demi-heure après le second et dans les mêmes termes, le misérable, qu'il m'aimait ! Et le second répétait déjà le premier. En voilà des individus qui ne me reverront pas souvent... Tous ces hommes qui se ressemblent, Dieu !

— N'en prenez qu'un, c'est plus varié.

— Plus fatigant aussi.

— Mais... votre mari, il ne tique pas ?

— Non ; pourquoi voulez-vous qu'il tique ?

(Ah ! çà, me prend-elle pour une bête ? Et ces précautions l'autre matin, ces avertissements pleins de réticences ? Elle me regarde cependant de ses plus clairs yeux, à reflets de pierre de lune et de perle grise.)

— Voyons, Rézi ! Avant-hier matin, je ne devais même pas rire de ce qu'il disait...

— Ah ! (sa main bat dans l'air, gracieuse, je ne sais quelle mayonnaise de songe...), mais, Claudine, ce n'est pas la même chose, ces hommes qui me frôlent... et vous.

— Je l'espère bien ! Encore que mes raisons de vous plaire ne puissent être les mêmes que les leurs...

(Son regard a jailli vers moi, vivement détourné...)

— ... dites-moi au moins, Rézi, pourquoi vous me voyez sans déplaisir.

Rassurée, elle pose son manchon pour rythmer plus à l'aise des mains, de la nuque, de tout le buste, ce qu'elle veut me dire ; elle s'enfonce dans la profonde bergère et me sourit tendrement, mystérieuse :

— Pourquoi vous me plaisez, Claudine ? Je pourrais vous dire seulement : « Parce que je vous trouve jolie », et cela me suffirait, mais ne suffirait pas à votre orgueil... Pourquoi je vous aime ? Parce que vos yeux et vos cheveux, du même métal, sont tout ce qui demeure d'une petite statue de bronze clair, devenue chair par le reste ; parce que votre geste rude accompagne bien votre voix douce ; parce que votre sauvagerie s'humanise pour moi ; parce que vous rougissez, pour une de vos pensées intimes qu'on devine ou qui s'échappe, comme si une main effrontée s'était glissée sous vos jupes ; parce que...

Je l'ai interrompue, d'un geste — rude, oui, c'est vrai — irritée et troublée que tant de moi transparaisse sur moi-même... Vais-je me fâcher ? la quitter tout à fait ? Elle prévient toute résolution hostile en m'embrassant, impétueuse, près de l'oreille. Noyée de fourrure, frôlée d'ailes pointues, à peine ai-je le temps de goûter l'odeur de Rézi, la simplicité menteuse de son parfum... que Renaud entre.

Je m'adosse, gênée, à mon fauteuil. Gênée, non pas de mon attitude, non pas du rapide baiser de Rézi, mais du regard aigu de Renaud, et de l'indulgence amusée, presque encourageante, que j'y lis. Il baise la main de mon amie, en disant :

— Je vous en prie, que je ne dérange rien ici.

— Mais vous ne dérangez rien du tout, s'écrie-t-elle, rien ni personne ! Aidez-moi, au contraire, à dérider Claudine qui se fâche d'un compliment très sincère.

— Très sincère, j'en suis sûr, mais mîtes-vous assez de conviction dans l'accent ? Ma Claudine est une petite fille très sérieuse et très passionnée, qui ne saurait accepter... (et parce qu'il appartient à une génération qui lisait encore Musset il fredonne l'accompagnement de la sérénade de *Don Juan*)... qui ne saurait accepter certains sourires écrits sous certaines paroles.

— Renaud, je vous en prie, pas de révélations conjugales.

(J'ai élevé le ton malgré moi, impatientée, mais Rézi tourne vers moi son plus désarmant sourire.)

— Oh ! si, oh ! si, Claudine ! Laissez-le raconter... J'y prends un très réel intérêt et c'est une charité que de débaucher un peu mes oreilles ! Elles en arrivent à ne plus savoir ce qu'... aimer veut dire.

Hum ! cette impétuosité d'épouse à la diète suit mal, il me semble, la lassitude flirteuse de tout à l'heure ; mais Renaud n'en sait rien. Apitoyé et généreux, il contemple Rézi du chignon aux chevilles, et je ne peux pas ne pas rire quand il s'exclame :

— Pauvre enfant ! Si jeune, et déjà sevrée de ce qui embellit et colore la vie ! Venez à moi, la consolation vous attend sur le divan de mon cabinet de sacrifice, et ça vous coûtera moins cher que chez un spécialiste.

— Moins cher ? Je crains les « prix d'artiste ! »

— Vous n'êtes pas une artiste. Et puis, on est honnête ou on ne l'est pas...

— Et vous ne l'êtes pas. Merci, non !

— Vous me donnerez... ce que vous voudrez.

— Quoi ?

Elle voile à demi ses yeux couleur de fumée :

— ... Vous pourrez peut-être vous amuser aux bagatelles de la porte.

— J'aimerais bien la porte aux bagatelles...

Ravie de se sentir un peu outragée, Rézi gonfle la nuque et se rengorge avec le geste de Fanchette rencontrant dans l'herbe une sauterelle de taille excessive ou un coléoptère cornu.

— Non, vous dis-je, bienfaiteur de l'humanité ! D'ailleurs je n'en suis pas là encore.

— Et où en êtes-vous... déjà ?

— Aux compensations.

— Lesquelles ? Il y a plusieurs genres, au moins deux.

Elle devient rose, exagère sa myopie, puis se tourne vers moi, suppliante et flexible :

— Claudine, défendez-moi !

— Oui, je vous défendrai... de vous laisser consoler par Renaud.

— Non, vraiment ? Jalouse ?

Elle étincelle d'une joie peu charitable qui l'embellit extrêmement. À peine assise, une jambe allongée, l'autre repliée et moulée sous la jupe, elle se penche vers moi dans une pose tendue, comme prête à courir. Sa joue proche se dore d'un duvet plus pâle que ses cheveux, et ses cils incessamment palpitent, transparents, comme l'aile de gaze d'une guêpe. Prise à tant de beauté, c'est très véridiquement que je lui réponds :

— Jalouse ? Oh ! non, Rézi, vous êtes bien trop jolie ! Je ne pardonnerais pas à Renaud l'humiliation de me trahir avec une femme laide !

Renaud me caresse d'un de ces regards intelligents qui me ramènent à lui quand ma sauvagerie, ou un accès plus vif de solitude et d'absence, m'ont entraînée un peu loin... Je lui sais gré de me dire ainsi, par-dessus Rézi, tant de choses tendres, en silence...

Cependant Rézi-la-Blonde (m'a-t-elle tout à fait comprise ?) se rapproche, étire nerveusement ses bras joints par les mains dans son manchon, fait la moue, s'ébroue et murmure :

— Voilà... votre psychologie compliquée me creuse, et j'ai très faim...

— Oh ! ma pauvre... moi qui vous laisse jeûner !

Je sursaute et cours à la sonnette.

Peu après, l'entente, la paix amicale s'exhalent des tasses brûlantes, des toasts lentement pénétrés de beurre. Mais moi, je méprise le thé de ces gens chic. Une corbeille au creux des genoux, j'égrène des alises flétries, je pique et presse des nèfles flasques, fruits d'hiver, fruits de

chez nous envoyés par Mélie, qui sentent le cellier et le blet, le
« flogre ».

Et parce qu'un toast, brûlé et noirci, parfume la chambre de créosote et de charbon frais, me voici partie, à tire-d'imagination, vers Montigny, vers la cheminée à hotte... Je crois voir, je vois Mélie y jeter un fagot humide, et Fanchette, assise sur la pierre élevée du foyer, s'écarter un peu, choquée de la hardiesse des flammes et des crépitements du bois neuf...

— Ma fille !...

J'ai rêvé tout haut ! Et devant l'allégresse de Renaud, devant la stupéfaction de Rézi, je rougis et je ris, penaude.

*L*'hiver mou se traîne, tiède et pourrissant. Janvier va finir. Dans quelle hâte et quelle paresse, tour à tour, coulent les journées ! Théâtres, dîners, matinées et concerts, jusqu'à une heure du matin, souvent deux ; Renaud plastronne, et moi je ploie.

Réveil tardif, journaux submergeant le lit. Renaud partage son attention entre l' « attitude de l'Angleterre » et celle de Claudine, couchée sur le ventre et perdue en des songes marveillants, dormeuse à qui cette vie factice rogne trop sur l'indispensable sommeil. Déjeuner bref, en viandes roses pour mon mari, en horreurs diverses et sucrées pour moi. De deux à cinq, le programme varie.

Ce qui ne varie pas, c'est, à cinq heures, visite à Rézi ou visite de Rézi ; elle s'attache à moi, de plus en plus, sans le cacher. Et moi je m'attache à elle, mon Dieu, en le cachant…

Presque chaque soir, à sept heures, au sortir d'un thé, d'un bar où Rézi se réchauffe d'un cocktail, où je grignote des frites trop salées, je songe, avec une rage silencieuse, qu'il faut m'habiller et que Renaud m'attend déjà en ajustant ses boutons de perle. Grâce à ma coiffure courte et commode, je dois avouer — ma modestie en saigne ! — que j'inquiète également les femmes et les hommes.

À cause de ma toison coupée et de ma froideur envers eux, les hommes se disent : « Elle *est* pour femmes. » Car, cela frappe l'entendement, si je n'aime pas les hommes, je *dois* rechercher les femmes, ô simplicité de l'esprit masculin !

D'ailleurs les femmes — à cause de ma toison coupée et de ma froideur envers leurs maris et leurs amants — me paraissent enclines à penser comme eux. J'ai surpris vers moi de jolis regards curieux, honteux et fugitifs, des rougeurs, si j'appuie mes yeux, une minute, sur la grâce d'une épaule offerte ou d'un cou parfait. J'ai soutenu, aussi, le choc de convoitises extrêmement explicites ; mais ces professionnelles des salons — dame carrée de cinquante ans ou plus ; sèche fillette noire à croupe abattue ; israélite monoclée, qui plonge son nez aigu dans les décolletages comme à dessein d'y enfiler une bague perdue — ces tentatrices ont trouvé chez Claudine une incuriosité qui, manifestement, les choqua. Et cela faillit nuire à une réputation bien ébauchée. En revanche, j'ai surpris avant-hier soir, sur les lèvres d'une de mes « amies » (lisez une jeune dame de lettres que j'ai rencontrée cinq fois), un si méchant sourire soulignant le nom de Rézi, que j'ai fort bien compris. Et je songe que le mari de Rézi pourrait « rabâter » dur, le jour où des potins effleuraient son oreille trop cuite.

J'ai failli pourtant apprivoiser un jour, sans le vouloir, cet homme d'ailleurs déplaisant.

Tous les nerfs sur la peau, j'écoutais malgré moi, chez Renaud, les glapissements d'un groupe d'hommes, jeunes et chauves, qui s'entretenaient de littérature avec une animation criarde... « Son dernier roman ? Ne coupez donc pas dans les réclames ! Il en est parti, en tout, six éditions. — Non, huit !... — Six, je vous dis ! Et encore, des éditions à 200, passes comprises, Sevin me l'a affirmé ! — Tu penses, le libraire tire ce qu'il veut, il prend des empreintes, et aïe donc ! — *Ma Dissection de l'âme*, Floury, à lui seul, en vendait vingt par jour ; eh bien, ça m'a rapporté, en tout et pour tout, trente louis. Et là-dessus, est-ce qu'on ne voulait pas me retenir une malheureuse avance de 150 francs ? — Quand on pense que nous ne touchons rien sur les exemplaires de passe, c'est écœurant ! Moi, je carotte froidement des volumes, sous prétexte de service de presse supplémentaire, et je les lave chez Gougy. — Moi aussi ! — Moi aussi, parbleu, faut bien se défendre ! — Mon cher, en faisant 40 pour 100 et quatorze-douze aux détaillants, l'éditeur pourrait facilement nous donner vingt sous par exemplaire vendu et réaliser un bénef tout ce qu'il y a de coquet. — Il pourrait même lâcher trente sous sans se fouler. — Quelle race, oh ! »

Ils parlaient tous à la fois, avec la conviction que donne une surdité volontaire, et songeant à Kipling, au peuple singe, j'ai murmuré : « Bandar-log ! »

Lambrook, à côté de moi, eut, à ce mot hindou brusquement reconnu, un tressaillement maladif des mâchoires. Ses yeux se posèrent, lavés et clairs, sur les miens. Mais les rires de Rézi sonnèrent nerveusement à l'autre bout du salon, et il se leva, d'un air détaché, pour voir avec qui sa femme s'amusait si haut.

Un romancier trop connu (spécialité : forage des âmes féminines) vint s'installer à la place de ce mari toujours en éveil, et me chuchota : « Quel vilain temps ! » avec l'attitude et la figure — soignées pour la galerie — d'un homme qui pantèle au bord de l'extase. Habituée aux façons de ce « Bourget du pauvre », ainsi que l'a surnommé Renaud, je le laissai paisiblement continuer une improvisation travaillée à huis clos et nuancée, non sans art, sur le dissolvant hiver sans froidure, la lâcheté délicieuse qu'amène le crépuscule tôt venu, tout le printemps menteur qu'enclôt cet inquiétant décembre... Un printemps plus certain, de peau moite, de gorges fleurissantes, palpite sous les fourrures lourdes... (Bonne transition...) De là au désir de les faire choir, ces fourrures pesantes, sur le tapis muet d'une garçonnière bien comprise, il n'y a qu'un pas. Lancé, ce demi-talent va le franchir...

Rêveuse, adoucie et comme conquise, je murmure :

— Oui... on respire au-dehors la fadeur grisante et dangereuse d'une serre...

Puis, je conclus brusquement, avec une exagération d'accent du Fresnois faite pour le déconcerter :

— Ah ! dame oui, les blés sortiront de bonne heure, et aussi les *avouènes* !

Comme il a dût me trouver idiote ! J'en danserais la chieuvre de joie ! Mais ce gaillard-là, que j'ai froissé, va répéter partout, lui aussi, du haut de son ventre avantageux : « Claudine ? Elle est pour femmes !... » achevant en pensée : « ... puisqu'elle n'est pour moi. »

Pour femmes ? Tas d'imbéciles ! qu'ils entrent donc chez nous le matin, sur le coup, mon Dieu, sur le coup de dix heures, ils verront si je suis « pour femmes ! »

Une lettre de Papa m'arrive, grandiloquente et navrée. En dépit de l'actif hanneton qui gravite dans son cerveau d'homme heureux, Papa s'agace de mon absence. À Paris, il s'en fichait. Là-bas, il a retrouvé vide la vieille maison, vide de Claudine. Plus de petite fille silencieuse pelotonnée, un livre entre les genoux, au creux d'un grand fauteuil qui crève aux coutures, — ou perchée à la fourche du noyer et éclatant des noix avec un bruit d'écureuil — ou couchée longue et rétrécie sur le faîte d'un mur, à l'affût des prunes du voisin et des dahlias de la mère Adolphe... Papa ne dit pas tout cela, sa dignité s'y oppose, et la noblesse aussi de son style qui ne condescend point à certaines puérilités. Mais il y pense. Moi aussi.

Frissonnante, pénétrée de regret et de souvenir, je cours à Renaud, pour me cacher et m'endormir au creux de son épaule. Mon cher grand, que je détourne (sans qu'il grogne jamais) d'un vertueux labeur, ne saisit pas toujours les causes de ce qu'il nomme « mes naufrages ». Mais il m'abrite, généreux, sans me questionner trop. À sa chaleur, le mirage fresnois s'embrume et se dissipe. Et quand, vite ému à mon contact, il resserre son étreinte et penche sur moi sa moustache mêlée d'or, parfumée de muguet et de khédive, je relève ma figure pour lui rire et lui dire :

— Vous sentez la blonde qui fume !...

Cette fois-ci, il réplique, taquin :

— Et Rézi, que sent-elle ?

— Rézi ?... (Je songe une minute...) Elle sent le mensonge.

— Le mensonge ! Prétends-tu qu'elle ne t'aime pas et simule un béguin ?

— Non pas, mon grand. Je voulais dire moins que je n'ai dit. Rézi ne ment pas, elle dissimule. Elle emmagasine. Elle ne raconte pas, abondante et prodigue de détails, comme la jolie van Langendonck : « Je sors des Galeries Lafayette » au commencement d'une phrase qui finit par : « Il y a cinq minutes, j'étais à Saint-Pierre de Montrouge. » Rézi n'exubère pas, et je lui en sais gré. Mais je *sens* qu'elle cache, qu'elle enfouit proprement cent petites horreurs (comme Fanchette dans son plat) avec des pattes soigneuses ; cent petites horreurs banales, si vous voulez, mais bien faites.

— Qu'en sais-tu ?

— Rien, pardi, s'il vous faut des preuves ! Je vous parle d'après mon flair. Et puis, sa femme de chambre a souvent des façons, le matin, de lui remettre un papier chiffonné : « Voilà ce que Madame a oublié dans sa poche d'hier... » Par hasard, j'ai jeté un jour les yeux sur le contenu froissé de la « poche d'hier » et je pourrais bien affirmer que l'enveloppe n'était pas décachetée. Que pensez-vous de ce système postal ? Le soupçonneux Lambrook, lui-même, n'y verrait que... du vieux papier.

— C'est ingénieux, songe Renaud tout haut.

— Alors, vous comprenez, mon grand, cette Rézi cachottière qui arrive ici toute blanche et dorée, avec des yeux clairs jusqu'au fond, qui m'enveloppe d'un parfum pastoral de fougère et d'iris...

— Eh ! Claudine !

— Qu'est-ce qui vous prend ?

— Comment ! ce qui me prend ? Et toi ? Je rêve ! Ma Claudine absente et dédaigneuse qui s'intéresse à quelqu'un, à Rézi, au point de l'étudier, au point de réfléchir et de déduire ! Ah ! ça, Mademoiselle (il gronde pour rire, les bras croisés, comme Papa) — ah ! ça, mais nous sommes amoureuse ?

(Reculée de lui, je le regarde en dessous, les sourcils si bas, qu'il s'effare) :

— Quoi ? fâchée encore ? Décidément, tu prends tout au tragique !...

— Et vous rien au sérieux !

— Une seule chose : toi.

Il attend, mais je ne bouge pas.

— Ma petite bête, mais viens donc ! Que cette enfant me donne de mal ! Claudine, interroge-t-il (Je suis revenu sur se genoux, silencieuse et encore un peu tendue), apprends-moi une chose.

— Laquelle ?

— Pourquoi, lorsqu'il s'agit d'avouer, même à ton vieux mari-papa, une de tes secrètes pensées, te cabres-tu, farouche, aussi pudique et même plus que s'il te fallait, au milieu d'un concours imposant de notabilités parisiennes, montrer ton derrière ?

— Homme simple, c'est que je connais mon derrière, qui est ferme, de nuances et de toucher agréables. Je suis moins sûre, mon grand, de mes pensées, et de leur clarté, de l'accueil qu'elles trouveront... Ma pudeur, lucide, s'emploie à cacher ce qu'en moi je crains faible et laid...

Je surprends Renaud, ce matin, dans une vive et triste colère. En silence, je le regarde jeter au feu des papiers en boule, rafler brusquement tout un coin de son bureau chargé de brochures, et tasser cette brassée sur le feu de coke grésillant. Un petit cendrier, lancé d'une main sûre, va s'enfouir dans la corbeille à papiers. Puis c'est Ernest qui, pour n'être pas accouru assez vite, s'entend menacer d'expulsion comme un simple congréganiste. Ça chauffe !

Assise, les mains croisées, j'assiste et j'attends. Les yeux de Renaud me trouvent et s'adoucissent :

— Te voilà, mignonne, je ne t'avais pas vue. D'où viens-tu ?

— De chez Rézi.

— J'aurais dû le penser !... Mais, mon chéri, pardonne à ma distraction, je ne suis pas content.

— Une veine que vous le cachez si bien !

— Ne te moque pas... Viens près de moi. Calme-moi. J'ai des nouvelles, agaçantes jusqu'à être odieuses, de Marcel...

— Ah ?

Je songe à la dernière visite de mon beau-fils, qui exagère vraiment. Une inconcevable fanfaronnade le pousse à me narrer cent choses que je ne lui demande pas, entre autre le récit, quasi détaillé, d'une rencontre qu'il fut, rue de la Pompe, à l'heure où le lycée Janson lâche dans la rue une volée de gosses en béret bleu... Ce jour-là, l'odyssée de Marcel fut interrompue par Rézi, qui émoussa sur lui, pendant trois bons quarts d'heure, toutes les armes de ses regards, et la série de ses voltes les plus savantes. Enfin lassée, elle cessa la lutte, et se tourna vers moi avec un joli geste découragé, qui disait si bien : « Ouf ! j'en ai assez ! » que je me mis à rire, et que Marcel (ce détraqué est loin d'être bête) sourit, infiniment dédaigneux.

Ce dédain se mua vite en curiosité point déguisée lorsqu'il vit Rézi, éclectique, braquer sur moi toute sa panoplie — la même ! — de séductions... Affectant alors une discrétion hors de propos, il partit.

Quelle frasque nouvelle aura commise ce garçon ?

J'attends, la tête posée sur les genoux de Renaud, qu'on me l'apprenne.

— Toujours les mêmes histoires, ma pauvre chérie. Mon charmant

fils mitraille de littérature néo-grecque un moutard de bonne famille...
Tu ne dis rien, ma petite fille ? Moi, je devrais y être habitué, hélas !
mais ces histoires me soulèvent d'une telle horreur.

— Pourquoi ?

(À ma question posée doucement, Renaud sursaute.)

— Comment ! Pourquoi ?

— Pourquoi, voulais-je dire, mon cher grand, souriez-vous aguiché, presque approbateur, à l'idée que Luce me fut une trop tendre amie ?... à l'espoir — je répète, l'espoir — que Rézi pourrait devenir une Luce plus heureuse ?

(La drôle de figure que celle de mon mari en ce moment ! La surprise extrême, une sorte de pudeur choquée, un sourire penaud et câlin y passent en ondes comme l'ombre des nuages courant sur un pré... Triomphant, il s'écrie enfin) :

— Ce n'est pas la même chose !

— Dieu merci, non, pas tout à fait...

— Non, ce n'est pas la même chose ! Vous pouvez tout faire, vous autres. C'est charmant, et c'est sans importance...

— Sans importance... je ne suis pas de votre avis.

— Si, je dis bien ! C'est entre vous, petites bêtes jolies, une... comment dire ?... une consolation de nous, une diversion qui vous repose...

— Oh ?

— ... ou du moins qui vous dédommage, la recherche logique d'un partenaire plus parfait, d'une beauté plus pareille à la vôtre, où se mirent et se reconnaissent votre sensibilité et vos défaillances... Si j'osais (mais je n'oserai pas), je dirais qu'à certaines femmes il faut la femme pour leur conserver le goût de l'homme.

(Eh bien, non, je ne comprends pas ! Quelle singularité douloureuse de s'aimer autant que nous nous aimons, et de sentir si peu de même !... Je ne puis entendre ce que vient de dire mon mari que comme un paradoxe qui flatte et déguise son libertinage un tantinet voyeur.)

Rézi s'est faite mon ombre. À toute heure elle est là, m'enserre de ses gestes harmonieux dont la ligne se prolonge dans le vide, m'envorne de ses paroles, de ses regards, de sa pensée orageuse que je m'attends à voir jaillir en étincelles au bout de ses doigts effilés... Je m'inquiète, je sens en elle une volonté plus égale, plus têtue que la mienne qui va par bonds, et s'engourdit après.

Parfois, irritée, énervée de sa douceur tenace, de sa beauté qu'elle me passe sous le nez en bouquet, qu'elle pare devant moi à peine voilée, j'ai envie de lui demander brusquement : « Où voulez-vous en venir ? » Mais j'ai peur qu'elle me le dise. Et j'aime mieux me taire, lâchement, pour rester sans pécher auprès d'elle, car elle est, depuis trois mois, mon habitude chère.

À part, en somme, l'insistance de ses doux yeux gris, et le « Dieu ! que je vous aime ! » qui lui échappe souvent, naïf, spontané comme une exclamation de petite fille, je ne puis m'effaroucher de rien.

Au fait, qu'aime-t-elle en moi ? Je perçois bien la sincérité, sinon de sa tendresse, au moins de son désir, et je crains — oui, déjà, je crains — que ce désir seul l'anime.

Hier, accablée de migraine, opprimée par le crépuscule, j'ai laissé Rézi poser ses mains sur mes yeux. Les paupières fermées, je devinais derrière moi l'arabesque de son corps penché, svelte en robe collante gris plomb, un gris qui fait hésiter sur la nuance de ses yeux.

Le dangereux silence s'abattit sur nous deux. Elle ne risqua pas un geste, pourtant, et ne m'embrassa pas. Elle dit seulement, après quelques minutes : « Ô ma chère, ma chère... », et de nouveau se tut.

Quand la pendule sonna sept heures, je me secouai vivement et courus au commutateur pour faire la lumière. Le sourire de Rézi, apparue pâle et délicieuse sous la brusque lueur, se heurta à ma plus mauvaise figure, brutale et fermée.

Souple, réprimant un petit soupir, elle chercha ses gants, assura son chapeau inamovible, me dit « adieu » dans le cou, et « à demain », et je restai seule devant un miroir à écouter sa fuite légère.

Ne te mens pas à toi-même, Claudine ! Ta méditation, accoudée près de cette glace, et ton air de creuser un remords naissant, n'était-ce pas l'inquiétude seulement de constater intact ce visage aux yeux havane, qu'aime ton amie ?

— Ma petite fille chérie, à quoi penses-tu ?

(Sa petite fille chérie est accroupie en tailleur sur le grand lit qu'elle n'a pas encore quitté. Ensachée dans une grande chemise de nuit rose, elle cisèle pensivement les ongles de son pied droit à l'aide d'un mignon sécateur aux branches d'ivoire, et ne souffle mot.)

— Ma petite fille chérie, à quoi penses-tu ?

(Je relève ma tête coiffée de serpents en tronçons et je regarde Renaud — qui noue sa cravate, déjà habillé — comme si je ne l'avais jamais vu.)

— Oui, à quoi penses-tu ? Depuis le réveil tu ne m'as rien dit. Tu t'es laissé prouver ma tendresse sans même y prendre garde !

(Je lève une main qui proteste.)

— ... J'exagère, évidemment, mais tu y as mis de la distraction. Claudine...

— Vous m'étonnez !

— Pas tant que moi ! Tu m'avais habitué à plus de conscience dans ces jeux.

— Ce ne sont pas des jeux.

— Traite-les de cauchemars, si tu veux, ma remarque subsiste. Où erres-tu depuis ce matin, mon oiseau ?

— ... Je voudrais aller à la campagne, dis-je après réflexion.

— Oh ! fait-il consterné, Claudine ! Regarde donc !

(Il soulève le rideau, un déluge ruisselle sur les zincs et déborde des chéneaux.)

— Cette rosée matinale t'a mise en goût ? Évoque l'eau sale qui coule par terre, les bas de jupe qui collent aux chevilles ; songe aux gouttes froides sur l'ourlet des oreilles...

— J'y songe. Vous n'avez jamais rien compris à la pluie campagnarde, aux sabots qui font « giac » en quittant leur empreinte humide, au capuchon bourru dont chaque poil de laine enfile une perle d'eau, le capuchon pointu qui fait au visage une petite « méson » sous quoi on s'enfonce et on rit... Bien sûr, le froid pique, mais on se chauffe les cuisses avec deux poches de châtaignes chaudes, et on se gante de tricot maillacé...

— N'achève pas ! Mes dents grincent en songeant au contact des gants de laine sur le bout des ongles ! Si tu veux revoir Montigny, si tu y tiens vraiment tant que cela, si c'est une « dernière volonté… » (Il soupire.)… nous irons.

Non, nous n'irons pas. Je me suis prise sincèrement, en parlant tout haut, à penser les paroles que je disais. Mais, ce matin, le regret du Fresnois ne me lancine pas, mon silence n'est pas nostalgique. Il y a autre chose.

Il y … il y a… que les hostilités sont commencées et que la traîtrise amoureuse de cette Rézi me trouve irrésolue, sans plan de défense.

Je suis allée la voir à cinq heures, puisqu'elle est à présent la compagne d'une moitié de ma vie, que j'en enrage, que cela me charme, et que je n'y puis rien.

Toute seule, je la trouve rôtissant à un feu d'enfer. La lueur du foyer l'embrase et la traverse, nimbée de flamme rose par ses cheveux envolés, les lignes de sa silhouette dévorées et fondues dans le rouge de cuivre et le cerise du métal en fusion. Elle me sourit sans se lever et me tend les bras, si tendre que je m'effarouche et ne l'embrasse qu'une fois.

— Toute seule, Rézi ?
— Non. J'étais avec vous.
— Avec moi… et qui ?
— Avec vous… et moi. Cela me suffit. Pas à vous, hélas !
— Vous vous trompez, chérie.

Elle remue la tête, d'un balancement qui se propage jusqu'à ses pieds, repliés sous un pouf bas. Et la douce figure rêveuse, où la flamme vive sculpte les coins de la bouche en deux fossettes d'ombre, me dévisage profondément.

Quoi, nous en sommes là ! Et c'est tout ce que j'ai trouvé ? Ne pouvais-je, avant de la laisser m'envahir et s'imprégner de moi, m'expliquer nettement et proprement ? Rézi n'est pas une Luce bonne à battre, qui, pour une taraudée, vous laisse vingt-quatre heures de repos. C'est ma faute, c'est ma faute…

D'en bas, elle me considère mélancoliquement et parle à mi-voix :

— Ô Claudine ! pourquoi vous défiez-vous de moi ? Quand je m'assieds trop près de vous, je rencontre toujours sous votre robe un pied défensif, inerte comme un pied de fauteuil, qui, écarté de vous, m'empêche d'approcher. « M'empêche ! » C'est me blesser, Claudine, que de songer à une défense physique ! Ma bouche a-t-elle jamais tenté sur votre visage une de ces erreurs volontaires dont on accuse, après, la hâte, ou l'obscurité ? Vous m'avez traitée comme une... malade, comme une... professionnelle, de qui l'on épie les mains, et devant qui il faut surveiller ses attitudes...

(Elle se tait et attend. Je ne dis rien. Elle reprend, plus câline) :

— Ma chère, ma chère, est-ce vous, vraiment, Claudine intelligente et sensitive, qui assignez à la tendresse des limites conventionnelles si ridicules ?

— Ridicules ?

— Oui, il n'y a pas d'autre mot. « Tu es mon amie, tu ne m'embrasseras qu'ici et là. Tu es mon amante, le reste est à toi. »

— Rézi...

(Elle arrête mon geste commencé.)

— Oh ! n'ayez pas de crainte ! Je synthétise grossièrement ; rien n'est entre nous de cette sorte ! Mais je voudrais que vous cessiez, chère, de me faire de la peine, et d'armer contre moi, qui ne le mérite pas, votre prudence. Rendez-moi justice (supplie-t-elle, rapprochée, sans que je m'en sois aperçue, par une reptation insensible), qu'y a-t-il dans ma tendresse qui vous mette en défiance ?

— Vos pensées, dis-je à voix basse.

(Elle est près de moi, assez près pour que je sente rayonner d'elle, sur ma joue, la chaleur qu'elle a reçue du feu.)

— Je vous demande donc grâce, murmure-t-elle, pour la force d'une affection qui dissimule si mal...

Elle semble docile, presque résignée. Mon souffle, que j'alentis pour qu'elle ne me devine point troublée, m'apporte son odeur de soie surchauffée, d'iris, une odeur plus douce encore parce qu'elle a levé son bras pour repolir sur sa nuque la torsade d'or... Qui me préservera du vertige ?... L'orgueil me retient d'amener à mon secours quelque diversion cousue de gros fil. Rézi soupire, étire des bras de Fille-du-Rhin dans l'onde, d'un geste de réveil... Son mari vient d'entrer, de la façon silencieuse et indiscrète qui est la sienne.

— Comment, pas de lumière encore, ma chère Rézi ? s'étonne-t-il après les poignées de main.

— Oh ! ne sonnez pas, prié-je sans attendre que Rézi réponde. C'est l'heure que j'aime, entre chien et loup...

— Elle me semble plus proche du loup que du chien, réplique, en douceur, cet homme insupportable, qui parle assurément fort bien le français.

Rézi, muette, le suit d'un regard de noire rancune. Il marche d'un pas régulier, pénètre dans la baie d'ombre ouverte sur le grand salon, et continue sa promenade. Son pas cadencé le ramène vers nous, jusqu'au feu fui éclaire d'en bas sa figure durcie et ses yeux opaques. Arrivé à dix centimètres de moi, il fait militairement demi-tour et s'éloigne de nouveau.

Je suis restée assise, incertaine.

Les yeux de Rézi deviennent diaboliques ; elle calcule son élan… Dressée d'un silencieux effort de reins jusqu'à moi, elle me maîtrise d'une bouche follement douce et d'un bras au cou. Au-dessus des miens, ses yeux larges ouverts écoutent le pas qui s'éloigne, et sa main libre, levée, marque le rythme de la marche conjugale, en même temps que les frémissements de ses lèvres qui semblent compter les battements de mon cœur : Un, deux, trois, quatre, cinq… Comme un lien coupé, l'étreinte tombe ; Lambrokk se retourne ; Rézi est de nouveau assise à mes pieds, et semble lire dans le feu.

D'indignation, de surprise, d'angoisse pour le réel danger qu'elle vient de courir, je n'ai pu retenir un soupir tremblé, un cri trouble…

— Vous dites, chère Madame ?

— Mais, cher Monsieur, mettez-moi dehors ! Il est affreusement tard… Renaud droit me chercher à la Morgue !

— Laissez-moi croire qu'il vous cherchera d'abord ici, je m'en flatte. (Cet homme est à battre !)

— Rézi… adieu…

— À demain chérie ?

— À demain.

Voilà pourquoi Claudine cisèle, pensive, les ongles de son pied droit, ce matin.

Lâche Rézi ! L'habileté de son geste, l'abus qu'elle a fait de ma sûre discrétion, l'inoubliable perfection du périlleux baiser, tout cet Hier m'enfonce dans une songerie pesante. Et Renaud me croit triste. Il ne sait donc pas, il ne saura donc jamais qu'en mes yeux le désir, le vivace et proche regret, la volupté se teignent toujours de nuances sombres ?

Menteuse Rézi ! Menteuse ! Deux minutes avant l'assaut de son baiser, sa voix humble et sincère me rassurait, disait sa peine de pressentir mon injuste soupçon. Menteuse !…

Au fond de moi, la brusquerie de son piège plaide pour elle. Cette

Rézi, qui se plaignait de me voir méconnaître sinon son désir, au moins sa retenue, n'a pas craint de se déjuger immédiatement, de risquer ma colère et la jalousie brutale de ce colosse creux.

Qu'aime-t-elle mieux, le danger ou moi ?

Peut-être moi ? Je revois cet animal sursaut des reins, ce geste de buveuse qui l'a jetée vers ma bouche... Non, je n'irai pas chez elle aujourd'hui !

— Vous sortez, Renaud ? M'emmenez-vous ?

— Tant que tu veux, mon enfant charmante. Rézi est donc occupée ailleurs ?

— Laissez Rézi. Je veux sortir avec vous.

— Une brouille, déjà ?

Je ne réponds que d'un geste qui écarte et déblaie. Il n'insiste pas.

Gracieux comme une femme aimante, il bâcle ses courses en une demi-heure pour me retrouver dans la voiture — un coupé de remise un peu fatigué, mais bien suspendu — et me conduire chez Pépette boire du thé, manger des chester-cake, des sandwiches mixtes à la laitue et au hareng... On est tièdement, on est bien assis, nous disons des stupidités de mariés jeunes qui se tiennent mal... quand mon appétit et ma gaieté tombent ensemble. Les yeux sur un sandwich entamé, j'ai buté contre un tout petit souvenir déjà lointain...

Un jour, chez Rézi (il y a deux mois à peine), j'avais laissé, distraite ou sans faim, une rôtie mordue, creusée et demi-lune... Nous bavardions et je ne voyais pas la main de Rézi, adroite et timide, voler ce toast ébréché... Mais, tout à coup, je l'aperçus en train de mordre vivement, d'agrandir le croissant marqué de mes dents, et elle vit que je l'avais vue. Elle rougit, et pensa tout sauver en disant : « Comme je suis gourmande, hein ! » Ce tout petit incident, pourquoi faut-il qu'il surgisse et me trouble à présent ? Si elle avait un vrai chagrin, pourtant, de mon absence...

— Claudine ! Hep, Claudine !

— Quoi ?

— Mais, ma chère, c'est une maladie. Va, mon pauvre oiseau, aux premiers beaux jours nous cinglons vers Montigny, vers ton noble père, vers Fanchette et Mélie !... Je ne veux pas te voir sombrer ainsi, mon enfant aimée...

Je souris au cher Renaud d'une manière ambiguë qui ne le rassure point, et nous revenons à pied, par un temps huileux d'après pluie, où chevaux et passants chancellent, sur le pavé gras, du même glissement ivre.

À la maison, un petit bleu m'attend.

« Claudine, je vous en prie, oubliez, oubliez ! Revenez, que je puisse vous expliquer, si cela peut s'expliquer... C'était un jeu, une taquinerie, l'envie folle de tromper celui qui marchait si près de nous, et dont les pas sur le tapis m'exaspéraient... »

Comment ! J'ai bien lu ! C'était pour tromper « celui qui marchait » comme elle dit ? Mais c'est moi, stupide, qui allais marcher ! « Une taquinerie ? » Elle verra si on me taquine impunément de cette façon-là !

Ma colère ondule en moi comme un chaton qui tète ; j'agite des projets sauvages... Je ne veux pas savoir tout ce qui tient, dans ma colère, de déception et de jalousie... Renaud me surprend, le petit bleu tout ouvert dans les mains.

— Ah ! ah ! on met les pouces ? *All right* ! Retiens ceci, Claudine, il faut toujours que ce soit *l'autre* qui mette les pouces !

— Vous avez du flair !

(À l'accent, il devine l'orage et s'inquiète.)

— Voyons, qu'y a-t-il eu ? Rien qu'on ne puisse dire ? Je ne demande pas de détails...

— Mais non ! Vous divaguez ; nous nous sommes disputées, voilà.

— Veux-tu que j'y aille pour tâcher d'arranger ça ?

(Mon pauvre grand ! Sa gentillesse, son inconscience me détendent, et je lui jette mes bras au cou avec un rire un peu sanglotant.)

— Non, non, j'irai demain, tranquillisez-vous.

« Une taquinerie ! »

Un reste de bon sens attarde ma main, avant de sonner chez Rézi ? Mais ce bon sens-là, je le connais puisque c'est le mien, il me sert, juste une minute avant les gaffes, à goûter ce plaisir lucide de me dire : « C'est la gaffe. » Avertie, j'y cours sereine, bien calée par le poids rassurant d'une entière responsabilité.

— Madame est chez elle ?

— Madame est un peu souffrante, mais, pour Madame, ça ne fait rien.

(Souffrante ? Bah ! pas assez pour que je retienne ce que je veux lui dire. Et puis, tant pis, zut, ça lui fera mal. « Un jeu ! » Nous allons jouer...)

Elle est toute blanche, en crêpe de Chine, les yeux cernés d'une marge mauve qui bleuit ses prunelles. Un peu surprise, et d'ailleurs remuée par sa grâce, par le regard qu'elle m'a jeté, je m'arrête :

— Rézi, seriez-vous réellement souffrante ?

— Non, puisque je vous vois.

(Je hausse malhonnêtement les épaules. Mais, quoi donc ? Sous l'ironie de mon sourire, la voici subitement hors d'elle) :

— Pouvez-vous rire ? Allez-vous-en, si vous voulez rire !

(Démontée par cette violence soudaine, je tâche de reprendre le bon bout) :

— Je vous croyais, ma chère, plus de goût... aux *jeux*, aux *taquineries* un peu poussées...

— Oui ? Vous l'avez cru ? Ce n'est pas vrai ! J'ai menti en vous écrivant, par lâcheté pure, pour vous revoir, parce que je ne peux pas me passer de vous, mais...

(Son ardeur fond dans une envie de pleurer.)

— ... mais ce n'était pas pour rire, Claudine !

Elle attend, peureuse, ce que je vais dire, et craint mon silence. Elle ne sait pas que tout, en moi, remue comme un nid affolé, et que la joie me submerge... Joie d'être aimée et de me l'entendre dire, joie avare d'un bien perdu et retrouvé, orgueil victorieux de me sentir autre chose qu'un jouet excitant... C'est la déroute triomphale de mon honnêteté féminine, je le sens...

Mais puisqu'elle m'aime, je peux la faire souffrir encore...

— Chère Rézi...

— Ah ! Claudine !...

(Elle se croit tout près d'être exaucée, palpite, debout, et tend les bras ; ses cheveux et ses yeux jettent le même feu blond... Hélas ! comme la vue de ce que j'aime, beauté de mon amie, suavité des forêts frennoises, désir de Renaud, suscite en moi la même émotion, la même faim de possession et d'embrassement !... N'ai-je donc qu'une seule façon de sentir ?...)

— Chère Rézi... dois-je croire, à votre fièvre, que c'est la première fois qu'on vous résiste ! Je comprends si bien, à vous voir, que vous ayez trouvé toujours des amies enchantées et soumises...

(Son geste, levé au-dessus de sa robe blanche qui s'enroule, étroite, et se perd dans l'ombre comme la traîne équivoque de Mélusine, son geste d'appel retombe. Les mains pendantes, je vois qu'elle rassemble en un instant son habileté et sa colère. Elle me brave) :

— La première fois ? Pensez-vous qu'ayant vécu huit ans avec cette brique creuse qui est mon mari je n'ai pas tout essayé ? Que, pour faire jaillir de moi l'amour, je n'ai pas cherché ce qu'il y a de plus beau et de plus doux au monde, une femme amoureuse ? Peut-être placez-vous au-dessus de tout la nouveauté, la maladresse d'une première... faute ? Ô Claudine, il y a mieux, il y a chercher et choisir... Je vous ai choisie, achève-t-elle d'une voix blessée, et vous ne m'avez que subie...

Une dernière prudence me retient de l'approcher, et aussi le besoin de l'admirer mieux. Elle met au service de sa passion lâchée toutes les armes de sa grâce et de sa voix ; elle m'a dit, véridique : « Tu n'es pas la première », parce qu'ici la vérité frappe plus habilement que le mensonge ; elle a calculé, j'en jurerais, sa franchise... mais, elle m'aime !

Je rêve d'elle devant elle, et me repais de la voir. Un mouvement de nuque m'évoque la Rézi coutumière, demi-nue, à sa toilette... Je tressaille ; il serait sage de ne plus la revoir ainsi...

Elle s'irrite et s'épuise de mon silence, et tend ses yeux vers l'ombre pour distinguer les miens.

— Rézi... (je parle péniblement) voulez-vous... nous allons nous reposer aujourd'hui de tout cela, et laisser venir demain, demain qui arrange tant de choses !... Ce n'est pas que vous m'ayez fâchée, Rézi. Je serais venue hier, et j'aurais ri, ou j'aurais grondé, si je vous aimais moins...

(Un bref mouvement de bête guetteuse tend vers moi son menton joli, à peine fendu d'une fossette verticale.)

— ... Il faut me laisser penser, Rézi, sans m'envelopper autant de vous, sans jeter sur moi un tel filet de regards, de gestes qui approchent sans toucher, de pensées obstinées... Il faut vous asseoir ici, près de moi, poser votre tête sur mes genoux, et ne rien dire et ne pas bouger, parce que si vous bougez, je m'en irai...

Elle s'assied à mes pieds, couche sa tête avec un soupir et joint ses mains derrière ma taille. De mes doigts, que je ne puis empêcher de trembler, je peigne ses beaux cheveux en anneaux qui demeurent seuls à briller dans la chambre sombre. Elle ne remue pas. Mais sa nuque m'envoie son parfum, ses joues enfiévrées me chauffent, et contre mes genoux je sens la forme de ses seins... Oh ! qu'elle ne remue pas ! Si elle voyait mon visage et le trouble où je suis...

Mais elle n'a pas bougé, et j'ai pu la quitter, cette fois encore, sans lui avouer mon trouble si proche de son émoi.

À l'air vif et froid, j'ai calmé, comme j'ai pu, mes nerfs hérissés. C'est bien dans des situations analogues, n'est-ce pas, que l' « estime de soi » encore entière vous tonifie ? Oui ? Eh bien, moi, je me trouve plutôt poire.

*A*ujourd'hui, quittant la maison, je gage que les habitués du « jour » de mon mari ont dû se dire : « Mais elle devient aimable, la petite femme de Renaud ! Elle se forme ! »

Non, bonnes gens, je ne me forme pas, je m'étourdis. Ce n'est pas pour vous, cette amabilité floue, cette fébrilité des mains briseuses de tasses ! Pas pour vous, cet empressement de jeune Hébé, vieil homme adonné aux lettres grecques et aux alcools russes ! Pas pour vous, avantageux romancier à prétentions socialistes, ce sourire inconscient avec lequel j'ai accueilli votre proposition de venir à domicile (comme la manucure) me lire du Pierre Leroux ; ni mon sérieux, sculpteur andalou, à suivre le flot d'invectives hispano-françaises que vous déversez sur l'art contemporain ; mon attention convaincue n'enregistrait pas seulement vos axiomes esthétiques (« Tous les gens de talent, il est mort depuis deux siècles »), mais elle écoutait en même temps le rire de Rézi, Rézi moulée dans du drap blanc, le même blanc sourd et crémeux que sa grande tunique de crêpe de Chine. Sculpteur andalou, vous dûtes renoncer à ma conversion quand je vous eus dit : « J'ai vu les Rubens. — Ah ! eh bien ? — C'est de la tripaille ! » Que le mot de « cochon » vous parut faible, et comme vous souhaitâtes ma mort !

Je vis pourtant, je vis dans l'honnêteté la plus nauséeuse. La violence de mon attrait pour Rézi, le sentiment du ridicule, la vanité de ma résistance, tout me presse d'en finir, de m'enivrer d'elle jusqu'à tarir son charme. Et je résiste, ô le triste jeu de syllabes ! je m'entête en me méprisant moi-même.

Aujourd'hui encore, elle est partie, dans le flot bavard des hommes qui ont fumé et bu, des femmes qu'on a frôlées et que la chaleur extrême du salon, après le froid du dehors, a grisées un brin... Elle est partie, gardée à vue par son mari, sans que je lui aie dit : « Je t'aime... à demain... » Partie, la méchante, fière et comme sûre de moi malgré moi, sûre d'elle, menaçante et amoureuse...

Quand nous demeurons seuls, enfin, Renaud et moi, nous nous regardons, mornes, comme des vainqueurs fatigués sur le champ de bataille. Il s'étire, ouvre une fenêtre et s'accoude. Je le rejoins pour boire la brume fraîche, le vent propre qu'une averse a mouillé. Son grand bras qui m'entoure vite détourne de leur chemin mes pensées qui courent, désordonnées, ou se traînent, rompues, comme des lambeaux de nuages.

Je voudrais que Renaud, qui me domine d'une tête et demie, fût plus grand encore. Je voudrais être la fille, ou la femme, d'un Renaud géant, pour me musser au pli de son coude, dans la caverne de sa manche... Tapie sous le pavillon de son oreille, il m'emporterait à travers des plaines sans fin, à travers des forêts immenses, et, pendant la tempête, ses cheveux, sous le vent, gémiraient comme des pins...

Mais un geste de Renaud (pas le géant, le vrai) effraie mon conte et l'éparpille...

— Claudine, me dit sa voix pleine, veloutée comme son regard, il me semble que c'est raccroché, toi et Rézi ?

— Raccroché... si on veut. Je me fais prier...

(Il fredonne) :

— Y a pas de mal à ça, Claudinette, y a pas de mal à ça ! Et elle est toujours folle de toi ?

— Elle l'est. Mais je la fais languir encore après... après mon pardon. « Plus grande est la peine...

— ... le prix est plus grand », barytonne-t-il, décidément tourné à la musique. Elle était très jolie aujourd'hui, ton amie !

— Je ne la connais que jolie.

— Je le crois. A-t-elle une agréable chute de reins ?

(Je m'effare.)

— Sa chute de reins ? Mais je n'en sais rien ! Pensez-vous qu'elle me reçoive dans son tub ?

— Mais oui, je le pensais.

(Je hausse les épaules.)

— C'est indigne de vous, ces petits pièges-là ! Croyez-moi donc assez loyale — et assez affectueuse — Renaud, pour vous avouer nettement, quand le jour sera venu : « Rézi m'a emmenée plus loin que je ne le pensais... »

(De son bras qui enveloppe mes épaules, il me tourne vers la lumière du salon) :

— Ah ! Claudine ?... Mais alors ?...

(Sur son visage penché, je lis de la curiosité, de l'ardeur, point d'inquiétude.)

— ... mais alors, tu le vois donc approcher, le jour où tu avoueras ?

— Ce n'est pas cela que j'ai à vous raconter ce soir, dis-je en détournant les yeux.

J'élude, car je me sens plus agitée et plus palpitante qu'un petit sphinx nocturne, un de ces petits sphinx roux aux yeux bleus et phosphorescents qui volent sur les asters et les lauriers fleuris ; leur corps de velours, retenu dans la main, respire et suffoque, et l'on s'attarde à sa tiédeur émouvante...

Ce soir, ce soir je ne suis plus à moi. Si mon mari veut — et il voudra — je serai la Claudine qui l'effraie et l'affole, celle qui se jette à l'amour comme si c'était pour la dernière fois, et qui se cramponne, tremblante, au bras de Renaud, sans ressource contre elle-même...

— Renaud, pensez-vous que Rézi soit une femme vicieuse ?

Il est près de deux heures du matin. Dans la nuit complète, je me repose collée au flanc de Renaud. Il est ravi, encore tout prêt à me rendre au vertige dont je sors ; j'entends sous ma tête son cœur irrégulier et hâtif... Plaintive, les os fondus, je goûte la convalescence brisée qui suit les minutes trop intenses... mais j'ai retrouvé, avec la raison, l'idée qui ne me quitte guère, et l'image de Rézi.

Qu'elle éclaire — blanche et les bras tendus, longue dans sa robe qui la lie — la nuit où ma fatigue fait danser des points multicolores ; qu'assise à sa toilette, attentive, les bras levés, elle dérobe son visage pour ne montrer qu'une nuque dont l'ambre se fond dans l'or pâle de la chevelure naissante, c'est encore, c'est toujours Rézi. À présent qu'elle n'est plus là, je ne suis pas sûre qu'elle m'aime. Ma confiance en elle se borne au désir irritant de sa présence...

— Renaud, pensez-vous qu'elle soit vicieuse ?

— Je t'ai dit, ma folle petite fille, que je ne connaissais point d'amants à Mme Lambrook.

— Ce n'est point cela que je vous demande. Avoir des amants, ça ne veut pas dire qu'on est vicieuse.

— Non ? Alors, qu'entends-tu par vice ? l'uni-sexualité ?

— Oui et non, ça dépend comment on la pratique. Mais ce n'est pas encore ça, le vice.

— Je m'attends à une définition pas ordinaire !

— Je regrette de vous donner une déception. Car enfin, ça tombe sous le sens. Je prends un amant...

— Eh là !

— C'est une supposition.

— Une supposition qui va t'attirer une fessée !

— Je prends un amant, sans amour, simplement parce que je sais que c'est mal : voilà le vice. Je prends un amant...

— Ça fait deux.

— ... un amant que j'aime, ou simplement que je désire — restez donc tranquille, Renaud ! — c'est la bonne foi naturelle et je me considère comme la plus honnête des créatures. Je résume : le vice, c'est le mal qu'on fait sans plaisir.

— Si nous causions d'autre chose, veux-tu ! Tous ces amants que tu as pris... j'ai besoin de te purifier...

— Va pour la purification.

(Tout de même, si j'avais parlé de prendre « une amie » au lieu d' » un amant », il aurait trouvé mon petit raisonnement très sortable. Pour Renaud, l'adultère est une question de sexe.)

*E*lle m'inquiète. Je ne reconnais plus, dans sa douceur rusée, dans ses adroites précautions à ne point irriter ma méfiance, la pâle et passionnée Rézi qui m'adjurait, pleine de pleurs et de fièvre... Un regard avivé de malice et de tendre défi vient de m'apprendre le secret de ces discrétions : elle sait que je ... l'aime — ce mot sans nuances me suffit mal — elle a surpris mon trouble à demeurer seule auprès d'elle ; au baiser bref de la bienvenue ou de l'adieu (je n'ose pas ne plus l'embrasser !) son frémissement se sera prolongé en moi... Elle sait, maintenant, et elle attend. Tactique banale, soit. Pauvre piège amoureux, vieux comme l'amour, mais dans lequel, prévenue cependant, je tremble de tomber. Ô calculatrice ! J'ai pu résister à votre désir, mais au mien ?

« ... S'abandonner à l'ivresse de chérir, de désirer, — oublier tout ce qu'on aima, et recommencer d'aimer, — rajeunir dans la nouveauté d'une conquête, — c'est le but du monde !... »

Ce n'est pas Rézi qui parle ainsi. Ce n'est pas moi. C'est Marcel ! Son inconscience dévoyée atteint à une certaine grandeur, depuis que l'emportement d'une passion nouvelle exalte sa beauté lasse et son lyrisme fleuri.

Affalé vis-à-vis de moi, dans un grand fauteuil-guérite, il parle comme on délire, les yeux bas, les genoux joints, en lissant, d'un petit geste fréquent de maniaque, ses sourcils qu'un trait de crayon étire et prolonge.

Il ne m'aime point, certes, mais je n'ai jamais bafoué ses amours singulières, et peut-être est-ce là le secret de sa confiance.

Plus que jamais, je l'écoute sérieusement, et non sans trouble. « S'abandonner à l'ivresse de chérir, de désirer, oublier tout ce qu'on aima... »

— Marcel, pourquoi oublier ?

(Il lève le menton en signe d'ignorance.)

— Pourquoi ? Je ne sais pas. J'oublie malgré moi. Hier pâlit et s'embrume derrière Aujourd'hui.

— J'aimerais mieux, moi, ensevelir Hier et ses fleurs séchées dans le coffret embaumé de ma mémoire.

(Presque sans le vouloir, j'imite sa redondance encombrée de métaphores.)

— Je ne saurais discuter cela, fait-il avec un geste d'insouciance...

Donnez-moi cependant des nouvelles de votre Aujourd'hui, et de sa grâce un peu sensuellement viennoise...

(Je fronce le nez et baisse le front, menaçante) :

— Des potins, Marcel, déjà ?

— Non ; du flair seulement. Vous savez, la grande habitude !... Ah ! çà, décidément, vous préférez les blondes.

— Pourquoi ce pluriel ?

— Eh ! eh ! Rézi tient à présent la corde, mais, autrefois, je ne vous déplaisais pas !

(Quel toupet ! Sa coquetterie gâtée se trompe. Il y a dix mois, je l'aurais giflé ; mais je ne sais pas jusqu'à quel point je vaux mieux que lui, à présent. C'est égal ! Je le dévisage de tout près, en insistant du regard sur ses tempes fragiles qui se froisseront tôt, sur le pli déjà fatigué de la paupière inférieure et l'ayant épluché, je décrète, rancunière) :

— Vous, Marcel, à trente ans vous aurez l'air d'une petite vieille.

Ainsi, il l'a vu ! Ça se voit donc ? Je n'ose me rassurer en reconnaissant à Marcel un flair spécial. La fougue flemmarde et fataliste qui me guide m'a soufflé ce conseil : « Puisqu'on croit que ça y est, autant que ça y soit ! »

C'est facile à dire ! Si Rézi poursuit sa cour silencieuse, de présence et de regards, du moins elle semble avoir renoncé à toute attaque effective. Devant moi, elle pare sa beauté comme on polit une arme, m'encense de ses parfums, et, railleusement, me fait la gnée de toutes ses perfections. Elle met à ce jeu une gaminerie audacieuse, mêlée à une loyauté de geste dont je ne puis me plaindre.

— Regardez, Claudine, les ongles de mes pattes ! J'ai une nouvelle *nail-powder*, une merveille. Mes ongles sont de petits miroirs bombés...

Le pied mince se lève, effronté et nu, hors de la mule, et fait luire au bout des doigts pâles le rose délicieusement artificiel des ongles... puis disparaît juste au moment où, peut-être, j'allais le saisir et le baiser.

C'est encore la tentation de la chevelure : Rézi me confie, paresseuse, le soin de la peigner. Je m'en acquitte à ravir, surtout pour commencer. Mais le contact prolongé de cette étoffe d'or que j'effiloche, qui s'attache, électrique, à ma robe et crépite sous le râteau d'écaille comme une fougère qui s'embrase, la magie de ces cheveux enivrants me pénètre et m'engourdit... Et lâchement j'abandonne cette gerbe déliée, et Rézi s'impatiente, ou feint de s'impatienter...

Hier soir à table — un dîner de quinze couverts chez les Lambrook — n'a-t-elle point osé, cependant que chacun s'absorbait dans le décorticage ardu d'un homard à l'américaine, me jeter en plein visage la moue adorable d'un baiser... d'un baiser silencieux et complet... lèvres jointes puis mi-ouvertes... yeux d'onde grise ouverts et impérieux, puis voilés.

J'ai frémi qu'on la vit, et frémi plus encore de la voir.

Il arrive qu'à ce jeu énervant elle s'embarrasse elle-même, comme ce matin chez elle...

Elle virait, onduleuse, en jupon et corset paille, tentant devant les glaces des renversements de danseuse hispano-montmartroise qui ploient la nuque au niveau des reins.

— Claudine, savez-vous faire ça ?...

— Oui, et mieux que vous.

— J'en suis sûre, chère. Vous êtes telle qu'un fleuret de bonne trempe, dure et souple... Ah !

— Qu'avez-vous ?

— Y aurait-il des moustiques en cette saison ? Vite, vite, regardez sur ma chère peau que j'aime tant... et moi qui me décollette ce soir !

Elle s'efforce pour voir, derrière son épaule nue, une piqûre (imaginaire ?). Je me penche.

— Là, là, un peu au-dessus de l'omoplate, plus haut, oui... ça m'a piquée... Que voyez-vous ?

Je vois, d'assez près pour l'effleurer, l'épaule à courbe parfaite, le profil de Rézi anxieuse, et plus bas une jeune gorge découverte, divergente et ronde comme celles qu'on houspille aux gravures lestes du dernier siècle... Je vois tout cela, stupide, et ne dis mot, et ne sens pas d'abord le regard intense que mon amie a levé sur moi. Ce regard m'appelle enfin, mais je le quitte pour la blancheur unique de cette peau sans nuance et sans ombres où les seins s'achèvent en rose soudain, du même rose que le fard de ses ongles...

Rézi suit, victorieuse, mes yeux qui errent. Mais parce qu'ils se sont posés et insistent, elle mollit à son tour, et ses cils palpitent en ailes de guêpe... Ses yeux bleuissent et tournoient, et c'est elle qui murmure : « Assez... merci... » dans un trouble aussi flagrant que le mien.

« Merci… » Ce mot soupiré, qui mêle la volupté à l'enfantillage, précipite ma défaite plus qu'une caresse profonde ne l'eût pu hâter.

— Ma petite fille, à quelle heure rentres-tu ? Pour une fois que nous dînons seuls chez nous !... Viens vite, tu es très bien comme ça, ne passe pas par ta chambre sous prétexte de recoiffer tes boucles... nous serions encore là à minuit. Allons, viens, assieds-toi, mignonne ! J'ai demandé pour ce soir les déplorables aubergines au parmesan qui te ravissent.
— Oui...

J'entends sans comprendre. Mon chapeau laissé aux mains de Renaud, je fourrage à deux poings ma tête trop chaude, et me laisse tomber sur la chaise de cuir, en face de mon mari, sous la lumière aimable et tamisée.

— Pas de potage ?
(Je fronce un nez dégoûté.)
— Pour m'attendre, raconte d'où tu viens, avec cette mine de somnambule et ces yeux qui dévorent ta figure ? De chez Rézi, hein !
— Oui...
— Avoue, ma Claudine, que je ne suis pas un mari trop jaloux ?

Pas assez, hélas ! C'est cela que j'eusse dû lui répondre et que je me contente de penser. Mais il avance vers moi un visage bistré, barré d'une moustache plus claire que la peau, adouci d'un féminin sourire, et si embelli de paternité amoureuse que je n'ose pas...

Pour occuper mes mains errantes, je romps des miettes dorées que je porte à ma bouche, mais ma main défaille ; au parfum tenace qui l'embaume, je pâlis.

— Es-tu malade, mon petit enfant ? s'inquiète Renaud, qui jette déjà sa serviette...
— Non, non ! fatiguée, voilà tout. S'il vous plaît, j'ai bien soif...

Il sonne et demande le vin mousseux que j'aime, l'Asti musqué que je ne bois jamais sans sourire... Mais cette fois-ci, je suis grise avant d'avoir bu.

Eh bien, oui, je viens de chez Rézi ! Je voudrais crier, étirer mes bras à les faire craquer, pour fondre l'agaçante courbature qui raidit ma nuque.

Je suis allée chez elle, comme tous les jours, vers cinq heures. Sans me donner jamais rendez-vous, elle m'attend fidèlement à cette heure-là ; sans avoir rien promis, j'arrive à cette heure-là, fidèlement.

Je vais chez elle à pied, vite. Je vois les jours allonger, les ondées de mars laver les trottoirs, et les « jeannettes » de Nice, en monceaux sur les petites voitures, imprègnent l'air pluvieux de leur printemps précoce, enivrant et canaille.

C'est sur ce court chemin, maintenant, que j'étudie la marche des saisons, moi qui guettais, attentive comme une bête, la première feuille pointue du bois, la première anémone sauvage, veilleuse blanche filetée de mauve, et les minons du saule, petites queues de fourrure à l'odeur miellée. Bête des forêts, à présent la cage te tient, et tu tiens à ta cage.

Aujourd'hui comme toujours, Rézi m'attend dans sa chambre blanche et verte, lit peint de blanc mat, et grands fauteuils, d'un Louis XV finissant, tendus de soie couleur amande, où s'éploient de petits nœuds et de grands bouquets blancs. Dans ce vert doux, le teint et les cheveux de mon amie rayonnent.

Mais aujourd'hui...

— Comme il fait sombre chez vous, Rézi ! Et l'antichambre pas allumée ! Parlez, je ne vous vois même pas !

(Sa voix me répond, boudeuse, venant d'une bergère profonde, un de ces sièges douteux, trop larges pour un, un peu étroits pour deux...)

— Oui, c'est gai. Un accident d'électricité. Il paraît qu'on n'arrangera ça que demain matin. Alors, naturellement, on n'a rien ici pour suppléer. La femme de chambre parlait de planter des bougies dans mes flacons de toilette !...

— Eh bien, ce ne serait pas si laid ?

— Merci... Vous vous mettez toujours avec le mauvais sort contre moi... Des bougies ! Pourquoi pas des cierges ? C'est mortuaire. Au lieu de venir me consoler, vous riez là, toute seule, je vous entends rire ! Venez avec moi dans la grande bergère, Claudine chérie...

(Je n'hésite pas un instant à me blottir dans la grande bergère. Les bras à la taille, je la sens libre et tiède dans une robe lâche, et son parfum monte...)

— Rézi, vous êtes comme la fleur du tabac blanc, qui attend la nuit pour délier toutes ses senteurs... Le soir venu, on ne respire plus qu'elle ; elle humilie les roses...

— Est-ce que, vraiment, j'attends la nuit pour embaumer ?

(Elle laisse aller sa tête sur mon épaule. C'est moi qui la tiens, chaude et vivante comme une perdrix prise…)

— Votre mari va-t-il encore une fois surgir dans l'ombre, comme un satan anglo-hindou ? demandé-je d'une voix qui s'assourdit.

— Non, soupire-t-elle. Il pilote des compatriotes.

— Des Hindous ?

— Des Anglais.

(Ni elle ni moi ne songeons à nos paroles. La nuit nous couvre. Je n'ose plus desserrer mes bras et puis je ne veux pas.)

— Claudine, je vous aime…

— Pourquoi le dire ?

— Pourquoi ne pas le dire ? Pour vous, j'abandonne tout, même les flirts qui étaient le seul soulagement de mon ennui. Ne suis-je pas à votre gré, inoffensive, et, jusqu'à la souffrance, craintive de vous déplaire ?

— Jusqu'à la souffrance, oh ! Rézi…

— J'ai dit le mot qu'il faut. C'est souffrir qu'aimer et désirer sans remède, vous le savez.

(Oui, je le sais… Combien je le sais… Que fais-je en ce moment, sinon me délecter de cette peine inutile ?)

D'un mouvement insensible, elle s'est tournée vers moi davantage, accolée à moi de l'épaule aux genoux. Je l'ai à peine sentie bouger, elle m'a semblé virer dans sa robe.

— Rézi, ne me parlez plus. Je suis ligotée de paresse et de bien-être. Ne me forcez pas à me lever d'ici… Pensez que c'est la nuit, et que peut-être nous voyageons… Imaginez le vent dans les cheveux… penchez-vous, cette branche trop basse pourrait mouiller votre front !… Serrez-vous contre moi, prenez garde, l'eau des ornières profondes gicle sous les roues…

Tout son corps souple suit mon jeu, avec une complaisance traîtresse. De sa tête, renversée sur mon épaule, les cheveux s'envolent et me frôlent comme les ramures qu'invente mon inquiétude en quête de diversions…

— Je voyage, murmure-t-elle.

— Mais arriverons-nous ?

(Ses deux mains nerveuses étreignent ma main libre.)

— Oui, Claudine, nous arriverons !

— Où ?
— Penchez-vous, je vais vous le dire tout bas.

J'obéis, crédule. Et c'est sa bouche que je rencontre. J'écoute, longtemps, ce que sa bouche dit à la mienne... Elle n'a pas menti, nous arrivons... Ma hâte égale la sienne, la domine et la soumet. Révélée à moi-même, j'écarte les mains caressantes de Rézi qui comprend, frémit, lutte un court instant, puis demeure, les bras tombés...

Le coup sourd d'une lointaine porte cochère me met debout. Vaguement, je distingue la tache pâle de Rézi assise devant moi, et qui colle à mon poignet ses lèvres chaudes. D'un bras à sa taille, je la dresse, je la serre à moi toute, je la ploie et la baise au hasard sur ses yeux, dans ses cheveux en buisson, sur sa nuque moite...

— Demain !
— Demain... je t'aime...

... Je cours, la tête bourdonnante. Mes doigts s'agacent encore du grattement léger des valenciennes, croient glisser au satin d'un ruban dénoué, gardent le velouté d'une peau sans égale au monde, et l'air du soir me blesse, qui déchire le voile de parfum qu'elle a tissé sur moi...

— Claudine, si les aubergines au parmesan elles-mêmes te trouvent froide... je sais à quoi m'en tenir !

(Je sursaute à la voix de Renaud ; je reviens de loin. C'est vrai, je ne mange pas. Mais j'ai si soif !)

— Chérie, tu ne veux rien me dire ?

(Ce mari-là, décidément, ne ressemble pas aux autres ! Gênée de son insistance, je le supplie) :

— Renaud, ne soyez pas taquin... Je suis fatiguée, nerveuse, embarrassée devant vous... Laissez passer la nuit, et ne vous imaginez pas tant de choses, mon Dieu !...

Il se tait. Mais il épie, tout l'après-dîner, la pendule et invoque, à dix heures et demie un besoin de dormir à peu près inadmissible. Et vite, vite, dans notre grand lit, il cherche dans mes cheveux, sur mes mains, sur ma bouche, la vérité que je ne veux pas lui dire !

« *D*emain ! » implorait Rézi. « Demain ! » ai-je consenti. Hélas ! ce Demain ne vient pas ; j'ai couru chez elle, sûre d'un bonheur plus long, plus soigneux, dans l'heure claire encore qui me montrerait Rézi admirable et vaincue... j'avais si bien oublié son mari ! Il nous a troublées deux fois, le misérable ; deux fois il a disjoint, d'une entrée brusque, nos mains avides et peureuses ! Nous nous regardions, Rézi et moi, elle tout près de pleurer, moi si enragée de colère qu'à une troisième intrusion j'ai eu bien mal à ne pas jeter mon verre d'orangeade au nez de ce mari soupçonneux, rigide et courtois... Et cet « adieu » vibrant, ces baisers volés, ces doigts appuyés et furtifs ne sauraient maintenant nous suffire...

Que faire ?

Je suis revenu, édifiant et balayant des projets impossibles. Rien !

Je retourne aujourd'hui chez Rézi, pour lui dire mon impuissance, pour la voir, la respirer...

Anxieuse comme moi, elle accourt :

— Eh bien, chérie ?

— Rien trouvé. Vous m'en voulez ?

Elle caresse des yeux l'arc de ma bouche qui parle, et ses lèvres tremblent et s'entrouvrent... Le reflet de son désir m'agite toute... Vais-je la saisir là, dans ce banal salon, et la caresser jusqu'à mourir ?

Elle me devine, recule d'un pas : « Non ! » dit-elle tout bas, d'un ton précipité, en désignant la porte.

— Alors, Rézi, chez moi ?

— Chez vous, si vous voulez...

(Je souris, puis je secoue la tête.)

— Non ! On sonne tout le temps ; Renaud va et vient ; les portes battent... Oh ! non...

(Elle tord ses mains blanches avec un petit désespoir.)

— Alors, quoi, plus jamais ? Croyez-vous que je puisse vivre un mois du souvenir d'hier ? Il ne fallait pas, achève-t-elle en détournant la tête, si vous ne pouvez, chaque jour, éteindre ma soif de vous...

Elle est allée tomber, tendrement boudeuse, dans la grande bergère, la même... Et quoique aujourd'hui une robe de ville l'enserre de lainage blond comme ses cheveux, je retrouve trop la courbe demi-couchée de ses hanches, la ligne fuyante des jambes argentées d'un impalpable duvet de velours...

— Oh ! Rézi...

— Quoi ?
— La voiture ?
— La voiture ! des secousses, des surprises, des courbatures, — des figures curieuses tout à coup collées à la vitre, un cheval qui tombe, un agent empressé qui ouvre la portière, le cocher qui frappe discrètement, du bout du fouet : « Madame, la rue est barrée, faut-il retourner ? » Non, Claudine, pas de voiture !

— Alors, ma chère, trouvez vous-même un nid possible... jusqu'à présent, vous n'avez guère trouvé que des objections !

(Rapide comme une couleuvre qu'on touche, elle relève sa tête dorée, darde des regards pleins de reproches et de pleurs) :

— C'est tout votre amour ? Vous penseriez bien à vous froisser, si vous m'aimiez autant que je vous aime !

(Je hausse les épaules.)

— Mais aussi, pourquoi lever partout des barrières ? La voiture vous paralyse, ce salon est hérissé de pièges conjugaux... faut-il prendre le *Journal* du samedi et chercher un gîte à la journée ?

— Je voudrais bien, soupire-t-elle ingénument, mais tous ces endroits-là sont surveillés par la police, c'est... quelqu'un qui me l'a dit.

— Ça m'est égal, la police.

— À vous, oui, grâce au mari que vous possédez, grâce à Renaud...

(Sa voix change.)

— ... Claudine, dit-elle lentement, réfléchie, Renaud, Renaud peut seul...

Je la regarde, ébahie, sans trouver de réponse. Elle songe, très sérieuse, mince dans sa robe blonde, le poing sous le menton enfantin.

— Oui ! Claudine, notre repos dépend de lui... et de vous.

(Elle tend les bras, son impénétrable et tendre visage m'appelle.)

— Notre repos, oh ! chère, notre bonheur, dites comme vous voulez. Mais comprenez que je ne puis guère attendre, maintenant que j'ai connu votre force, maintenant que Rézi est à vous, avec toute sa passion et toute sa lâcheté !...

Je glisse vers ses bras, vers ses lèvres, prête à me résigner aux vêtements étroits et gênants, prête à gâcher notre joie par trop de hâte...

Elle s'arrache de mes mains : « Cht ! on a marché !... »

(Comme elle a peur ! sa blancheur a pâli légèrement, elle écoute penchée et les pupilles agrandies... Oh ! qu'une cheminée vienne donc aplatir ce Lambrook de malheur, et nous délivrer de lui !)

— Rézi, ma dorée, pourquoi pensez-vous que Renaud...
— Oui, Renaud ! c'est un mari intelligent, lui, et qui vous adore. Il faut lui dire... presque tout, il faut que sa tendresse adroite nous consente un abri.
— Vous ne craignez pas sa jalousie, à celui-là ?
— Non...

Tiens, tiens, son petit sourire !... Pourquoi faut-il que d'un geste ambigu, d'une inflexion de bouche rusée, elle arrête ma confiance folle qui courait vers elle, à la suite de mes désirs ? Mais c'est une ombre à peine, et n'eussè-je d'elle que sa sensualité sincère, la double douceur de sa peau et de sa voix, sa chevelure qu'elle me confie et sa bouche qui m'enchaîne... n'est-ce point assez ? Quoi qu'il m'en coûte, je demanderai secours — pas maintenant, un peu plus tard, je veux encore chercher moi-même ! — je demanderai secours à Renaud, j'humilierai pour elle ma sauvagerie pudique et le tendre orgueil que j'eusse mis à découvrir, seule, le havre sûr de notre passion...

Des bouderies énervées, des larmes rageuses, des reprises câlines, des heures électrisées où le contact seul de nos mains nous affole, — voilà le bilan de cette semaine. Je n'ai pas parlé à Renaud, il m'en coûte tant ! Et Rézi m'en veut. Je n'ai pas même avoué à mon cher grand que la tendresse, de Rézi à moi, de moi à Rézi, se précise plus qu'on ne peut dire... Mais il sait tout, à peu près et sans détails, et cette certitude lui communique une fièvre singulière. Quel proxénétisme aimant et bizarre le mène à me pousser chez Rézi, à me parer pour elle ? À quatre heures, quand je jette le livre qui trompa mon attente, Renaud, s'il est près de moi, se lève, s'agite : « Tu vas là-bas ? — Oui. » Il passe dans mes cheveux ses doigts habiles pour aérer mes boucles, penche jusqu'à moi sa grande moustache, attentif à renouer ma cravate de grosse soie nattée, à vérifier la netteté du col garçonnier. Debout derrière moi, il veille à l'équilibre du turban de fourrure sur ma tête, me tend les manches de ma zibeline... C'est lui, enfin, qui glisse dans mes mains stupéfaites une botte de roses rouge-noir, la fleur chère à mon amie ! Moi, j'avoue que je n'y aurais pas pensé.

Et puis, un grand baiser tendre :
— Va, ma petite fille. Sois bien sage. Sois fiérotte, pas trop humblement tendre, fais-toi désirer...
« Fais-toi désirer... » On me désire, hélas ! mais ce n'est pas un résultat de ma tactique.

Quand c'est Rézi qui vient me voir, mon irritation croît encore. Je la tiens là, dans ma chambre — qui n'est que *notre* chambre, à Renaud et à moi — un tour de clé, et nous serions seules... Mais je ne veux pas. Il me déplaît, par-dessus tout, que la femme de chambre de mon mari (fille silencieuse au pas d'ombre, qui coud à points si lâches, avec des mains molles) frappe et m'explique, mystérieuse, derrière la porte fermée : « C'est le corsage de Madame... on attend pour *réchancrer* les emmanchures. » Je redoute le guet d'Ernest, valet de chambre à figure de mauvais prêtre. Tous ces gens-là ne sont pas à moi, je m'en sers avec discrétion et répugnance. Je crains plus encore — il faut tout dire — la curiosité de Renaud...

Et voilà pourquoi je laisse Rézi, dans ma chambre, dérouler la spirale de ses séductions, et nuancer toutes ses moues de reproches.

— Vous n'avez rien trouvé pour nous, Claudine ?
— Non.
— Vous n'avez pas encore demandé à Renaud ?
— Non.
— C'est cruel...

À ce mot qu'elle soupire tout bas, les yeux soudain baissés, je sens ma volonté fondre. Mais Renaud vient, frappe à petits coups précautionneux, et reçoit en réponse un « Entrez » plus brutal qu'un pavé.

Je n'aime pas du tout la grâce suppliante qu'affecte envers lui Rézi, ni cette façon qu'il a de respirer sur elle ce que nous lui cachons, de fouiller ses cheveux et sa robe, comme pour surprendre l'odorant souvenir de mes caresses.

Encore, aujourd'hui, devant moi... Il lui baise les deux mains à l'arrivée, pour le plaisir de dire après :

— Vous avez donc adopté le parfum de Claudine, ce chypre sucré et brun ?

— Mais non, répond-elle, candide.

— Ah ! je croyais.

Le regard de Renaud dévie sur moi, renseigné et flatteur. Toute mon âme trépigne... Vais-je, exaspérée, me prendre à ses grandes moustaches, jusqu'à ce qu'il crie, jusqu'à ce qu'il me batte ?... Non. Je me contiens encore, je garde le calme crispé et correct d'un mari dont on embrasse la femme aux petits jeux innocents. Et, d'ailleurs, il prétend s'en aller, avec la réserve insultante d'un serveur de cabinet particulier. Je le retiens :

— Restez, Renaud…

— Jamais de la vie ! Rézi m'arracherait les yeux.

— À quel propos ?

— Je connais trop, mon petit pâtre bouclé, le prix d'un tête-à-tête avec toi…

Une vilaine crainte m'empoisonne : si Rézi, à l'âme fluide et menteuse, se prenait de préférence pour Renaud ! Juste, aujourd'hui, il est beau, dans une jaquette longue qui lui sied, les pieds petits et les épaules larges… Elle est là, cette Rézi, sujet de toute ma peine, fourrée de loutre, blonde comme le seigle, coiffée d'un précoce chapeau de lilas et de feuilles… Je reconnais en moi, naissante, la brutalité qui me faisait battre et griffer Luce… Que les larmes de Rézi seraient douces et poignantes à mon tourment !

Elle se tait, me regarde, et met toutes ses paroles dans ses yeux… Je vais céder, je cède…

— Renaud, mon grand, vous sortez avant dîner ?

— Non, ma petite fille, pourquoi ?

— Je voudrais vous parler… vous demander un service.

(Rézi jaillit de son fauteuil, affermit son chapeau, joyeuse, en désordre… elle a compris.)

— Je me sauve… Oui, justement je ne peux pas rester… Mais demain, je vous verrai longtemps, Claudine ? Ah ! Renaud, qu'on doit vous envier une enfant comme celle-ci !

(Elle disparaît dans le chuchotement de sa robe, laissant Renaud confondu.)

— Elle est folle, je pense ? Qu'est-ce qui vous prend, à toutes les deux ?

(Mon Dieu ! parlerais-je ? comme c'est dur !…)

— Renaud… je… vous…

(Il m'attire sur ses genoux. Peut-être que là ce sera plus facile…)

— Voilà… le mari de Rézi est bien embêtant.

— Ça oui, surtout pour elle !

— Il l'est pour moi aussi.

— Par exemple, je voudrais voir ça !… Il se serait permis quelque chose ?…

— Non ; ne remuez pas, gardez-moi dans vos bras. Seulement, ce Lambrook de malheur est tout le temps sur notre dos.

— Ah ! bon…

(Oh ! pardi, je sais bien que Renaud n'a rien d'un imbécile. Il comprend à demi-mot.)

— Ma chère petite bête amoureuse ! Alors, on te tourmente, toi et ta Rézi ? Que faut-il faire ? Tu sais bien que ton vieux mari t'aime assez pour ne pas te priver d'un peu de joie... Elle est charmante, ta blonde amie, elle t'aime si fort !

— Oui ? vous croyez ?

— J'en suis sûr ! Et vos deux beautés se complètent. Ton ambre ne craint pas l'éclat de sa blancheur... sauf erreur, c'est un alexandrin !

(Ses bras ont frémi... je sais à quoi il songe... Pourtant, je me détends à sa voix où coule la tendresse, une vraie tendresse...)

— Que veux-tu, mon oiseau chéri ? que je vide demain, pour tout l'après-midi, cet appartement ?

— Oh ! non...

(J'ajoute, après un silence embarrassé) :

— ... Si nous pouvions... ailleurs...

— Ailleurs ? Mais rien de plus facile !

(Il s'est levé d'un élan, m'a posée à terre, et marche à grands pas très jeunes.)

— Ailleurs... voyons... il y a bien... Non, ce n'est pas assez... Ah ! J'ai ton affaire !

(Il revient à moi, m'enveloppe et cherche ma bouche. Mais toute froide de confusion et de gêne, je me détourne un peu...)

— Ma petite fille charmante, tu auras ta Rézi, Rézi aura sa Claudine, ne t'occupe plus de rien — que de patienter un jour, deux jours au plus — c'est long, dis ! Embrasse ton grand qui veillera, aveugle et sourd, au seuil de votre chambre murmurante !...

La joie, la certitude de Rézi, parée de sa blancheur et de ses parfums, l'allégement du vilain secret confessé, ne m'empêchent pas de ressentir une autre détresse... Oh ! cher Renaud, que je vous eusse aimé, pour un sec et grondeur refus !...

Cette nuit d'attente, je l'avais souhaitée heureuse, rythmée de palpitations douces, de sommes mi-éveillés où l'image de Rézi passerait cendrée de lumière blonde... Mais cette attente même en évoque une autre, dans ma chambrette de la rue Jacob, une autre plus jeune et plus fougueuse... Non, je me trompe, ma veillée de cette nuit, je l'imagine plutôt pareille à celle de Renaud, deux ans passés... Rézi me trouvera-t-elle assez belle ? Assez fervente, j'en suis sûre, oh ! oui... Lasse d'insomnie, je heurte d'un pied mince et froid le dormir léger de mon ami, pour blottir dans son bras mon corps horripilé, et j'y somnole enfin.

Les rêves se succèdent et se mêlent, fumeux, inanalysables ; une silhouette jeune et souple y transparaît parfois, comme le visage de la lune, voilée de nuages et dévoilée... Quand je l'appelle « Rézi » elle se tourne et me montre le front bombé et doux, les paupières veloutées, la lèvre ronde et courte de la petite Hélène blanche et noire... Que vient faire dans mon rêve cette fillette entrevue, presque oubliée ?

Renaud n'a pas perdu de temps. Il est rentré dîner hier, vif, tumultueux et tendre :

— Préviens Rézi ! dit-il en m'embrassant. Que cette jeune sorcière se lave pour le sabbat de demain !

— Demain ? Où ?

— Ah ! voilà. Rendez-vous ici : je vous mène toutes deux. Il n'est pas bon qu'on vous voie entrer seules : et puis, je vous installerai.

Cette combinaison me refroidit un brin : j'aurais voulu la clef, l'adresse de la chambre, la liberté...

À Rézi, anxieuse et venue avant l'heure, je dis, en essayant de rire :

— Voulez-vous venir avec moi ? Renaud nous a trouvé une... une... fillonnière.

(Ses yeux dansent et se dorent.)

— Ah !... Alors, il sait que je sais qu'il...

— Pardi ! Était-ce possible autrement ? Vous-même, vous m'avez suggéré — avec quelle ténacité, Rézi, je vous en rends grâces à présent — de demander secours à Renaud...

— Oui, oui...

(Ses yeux gris, caressants et rusés, s'inquiètent, cherchent les miens ; sa main, d'un geste tournant recommencé vingt fois, assagit l'or envolé de sa nuque...)

— J'ai peur que vous ne m'aimiez pas, aujourd'hui, pas assez pour... cela, Claudine !

(Elle m'a parlé de trop près, son souffle est venu jusqu'à moi, c'est assez pour que je serre les mâchoires et que mes oreilles rougissent...)

— Je vous aime toujours assez..., et trop..., et follement, Rézi... Oui, j'aurais voulu que personne au monde ne nous autorisât ou nous défendît un après-midi de solitude et d'abandon. Mais si je puis, derrière une porte close et sûre, croire un moment que vous m'appartenez, à moi la première, à moi la seule... je ne regretterai rien.

Elle rêve au son de ma voix, peut-être sans m'écouter. Nous tressaillons ensemble à la venue de Renaud, et Rézi, une minute, perd un peu d'assurance. D'un rire complice et bon enfant il dissipe sa gêne et tire mystérieusement de son gousset une petite clef :

— Chut ! À qui la confierai-je ?

— À moi, dis-je en tendant une main impérieuse.

— À moi ! supplie Rézi câline.

— Je-ne-sais-pas-à-quoi-je-me-dé-ci-de-rai, scande Renaud. Vous tirerez au doigt mouillé !

(Pour cette plaisanterie à la Maugis, pour le rire aigu de Rézi qui l'accueille, je me sens au bord d'une maladroite explosion de rage. Renaud l'a-t-il pressentie ? Il se lève) :

Assis en face de nous sur le cruel strapontin, il dissimule à peine l'excitation de cette escapade. Son nez pâlit et ses moustaches tressaillent quand ses yeux errent sur Rézi. Celle-ci, incertaine, essaie de causer, s'arrête, questionne du regard ma triste et rogue impatience...

Oui, je me ronge d'impatience ! Impatience de savourer tout ce que promirent, durant cette semaine saccadée, la hâte et les prières de mon amie ; impatience surtout d'arriver, de finir ce choquant pèlerinage à trois...

Quoi ? Nous nous arrêtons rue Goethe ? Si près ! Il m'avait paru que nous roulions depuis une demi-heure... L'escalier du numéro 59 n'est pas mal. Des écuries au fond de la cour. Deux étages. Renaud ouvre une porte silencieuse, et c'est dès l'antichambre l'air mat et pesant des pièces tendues d'étoffe.

Tandis que j'examine, un peu malveillante, le petit salon, Rézi, avisée (je ne peux pas écrire expérimentée), court à la fenêtre et inspecte le dehors sans lever les rideaux de tulle blanc. Sans doute satisfaite, elle rôde comme moi dans le minuscule salon, où le goût maniaque d'un amateur de Louis XIII espagnol entassa les bois dorés et sculptés, les lourds cadres à gros ornements, les christs agonisants sur velours miteux, les prie-Dieu hostiles, et une énorme chaise-à-porteurs-vitrine, pesante et belle, aux flancs de laquelle croule un automne doré et sculpté en plein bois, pommes, raisins et poires... Cette austérité sacrilège me plaît, je me déride. Une portière à demi levée montre un coin de chambre à coucher anglaise et claire, la pomme d'un lit de cuivre, une plaisante chaise longue d'étoffe fleurie...

Décidément, l'impression est bonne.

— Renaud, déclare Rézi, c'est charmant ! Chez qui sommes-nous ?

— Chez vous, ô Bilitis ! Voici l'électricité. Voici du thé et du citron, des sandwiches, voici des raisins noirs, et puis voici mon cœur qui bat pour toutes deux...

Qu'il est à l'aise, et de quelle bonne grâce il remplit son rôle suspect ! Je le regarde s'empresser, ranger les soucoupes de ses mains adroites et féminines, sourire de ses yeux bleu-noir, tendre à Rézi une grappe de raisin qu'elle mordille, coquette... Pourquoi m'étonne-je de lui, qui ne s'étonne pas de moi ?

... Je la tiens contre mon cœur, et tout le long de moi. Ses genoux frais me touchent, les petits ongles de ses pieds me griffent délicieusement. Sa chemise froissée n'est qu'un chiffon de mousseline. Mon bras ployé supporte précieusement sa nuque, son visage baigne dans l'onde de ses cheveux. Le jour finit, l'ombre atteint les feuillages clairs de cette tenture nouvelle et gênante à mes yeux. De temps en temps, si près de ma bouche, aux dents de Rézi qui parle, un reflet luit comme une ablette. Elle parle dans une fièvre gaie, un bras nu levé, dessinant de l'index ce qu'elle dit. Je suis dans le demi-jour ce bras blanc sinueux, dont le geste rythme ma lassitude et l'adorable tristesse qui m'enivre...

Je voudrais qu'elle fût triste comme moi, comme moi recueillie et craintive devant les minutes qui nous échappent, qu'au moins elle me laissât à mon souvenir... Elle est délicieusement jolie, à présent. Tout à l'heure, elle fut passionnément belle...

Comme blessée à la première caresse, elle tourna vers moi une merveilleuse figure de bête, les sourcils bas, la lèvre relevée et meurtrière, une expression forcenée et suppliante... Puis tout fondit dans l'offre effrénée, dans l'exigence murmurante, dans une sorte de colère amoureuse, suivie de « Merci... » Enfantins, de grands « Ah ! » soupirés et satisfaits, comme une petite fille qui avait bien soif et qui a bu d'un trait jusqu'au bout de son haleine...

Elle parle à présent, et sa voix chère, pourtant, trouble l'heure précieuse... En vérité, elle bavarde sa joie, comme Renaud... Ne peuvent-ils la goûter en silence ? Me voici toute sombre comme cette chambre étrangère... Quelle mauvaise partenaire d'après-aimer je fais.

Je me ranime en étreignant le corps tiède qui s'adapte au mien, qui plie quand je plie, le corps aimé, si charnu dans sa fuyante minceur que, nulle part, je ne trouve son armature résistante...

— Ah ! Claudine, vous serrez si fort !... Oui, je vous assure que sa froideur conjugale, sa jalousie outrageuse peuvent tout excuser...

(Elle parle de son mari ? Je n'écoutais pas... Et qu'a-t-elle besoin d'excuse ? Ce mot sonne mal ici. D'un baiser, j'endigue le flot de ses douces paroles... pour quelques secondes.)

— ... Vous, vous, Claudine, je vous jure que personne ne m'a fait souffrir comme vous le tourment d'attendre. Tant de semaines perdues, mon amour ! Songez que c'est le printemps, bientôt, et que chaque jour nous rapproche des villégiatures qui séparent...

— Je te défends de partir !

— Oui, défends-moi quelque chose ! supplie-t-elle, invinciblement tendre, nouée à moi. Gronde-moi, ne me quitte pas, je ne veux voir que toi... et Renaud.

— Ah ! Renaud trouve grâce ?

— Oui, parce qu'il est bon, parce qu'il a l'âme femme, parce qu'il comprend et protège notre solitude... Claudine, je ne sens pas de honte devant Renaud, est-ce bizarre !

(Bizarre en effet, et j'envie Rézi. Moi, j'ai honte. Non, ce n'est pas le mot tout à fait qu'il faut, j'ai plutôt... j'ai un peu... scandale. C'est cela, mon mari me scandalise.)

— ... Et puis, chérie, c'est égal, achève-t-elle soulevée sur un coude, nous vivons là, à nous trois, un petit chapitre pas ordinaire !

« Pas ordinaire ! un petit chapitre ! » Cette bavarde ! Si je baise sa bouche, un peu cruellement, ne devine-t-elle pas pourquoi ? Je voudrais, de mes dents, couper sa langue pointue ; je voudrais aimer Rézi muette, docile, parfaite en son silence illuminé seulement de regards et de gestes...

Je m'abîme dans mon baiser, les narines éventées du petit souffle pressé de mon amie... La nuit se fait ; mais je soutiens la tête de Rézi dans mes deux mains comme un fruit, et je froisse ses cheveux, si fins qu'à les toucher je devinerais leur nuance...

— Claudine, je suis sûre qu'il est sept heures !

Elle bondit, court à l'électricité et nous inonde de lumière.

Esseulée et frileuse, je me love à la place tiède, pour garder un peu plus longtemps la chaleur de Rézi et m'imprégner de son odeur blonde. J'ai le temps, moi. Mon mari m'attend, sans inquiétude... au contraire !

Éblouie, elle tourne un instant sans trouver ses lingeries éparses. Elle se penche, pour une fourche d'écaille égarée, se relève, et sa chemise glisse à terre. Sans embarras, elle renoue sa chevelure, avec cette prestesse voilée de grâce qui m'amuse et me charme. Au creux des bras levés, au bas du jeune ventre, mousse un or si pâle que, dans la lumière, ma Rézi semble aussi nue qu'une statue. Mais quelle statue oserait cette croupe élastique, si hardie après a gracilité du torse ?

Sérieuse, coiffée net comme une femme de bon ton, Rézi fixe sur sa tête son chapeau printanier et demeure une seconde à se mirer, uniquement vêtue d'une toque de lilas. Mon rire fouette sa précipitation, hélas ! Et voici que la chemise, le corset, le pantalon diaphane, le jupon couleur d'aurore s'abattent sur elle, appelés, certes, par trois paroles magiques. Une minute encore, et la Rézi mondaine, fourrée de loutre, gantée de suède ivoire, se tient devant moi, fière de son adresse prestidigitatrice.

— Ma blonde, il fait noir à présent que toutes vos blancheurs, vos dorures, ne luttent plus avec la lumière... Aidez-moi à me lever, je suis sans force contre ces draps qui me tiennent...

Debout, étirant mes mains moites — pour briser la petite raideur courbaturée qui contracte mes omoplates — je me contemple à la glace vaste et bien placée ; orgueilleuse de ma longueur musclée, de ma grâce plus garçonnière et plus précise que celle de Rézi...

Sa nuque caressante se glisse sous mon bras levé, et je me détourne devant l'image double, habillée et nue, que nous rejette le miroir...

Je me dépêche, aidée par mon amie, qui fleure, près de moi, l'amour et la fourrure...

— Rézi chère, n'essayez pas de m'apprendre votre prestesse ! Auprès de vos mains fées, j'aurai toujours l'air de m'habiller avec les pieds ! Comment ! nous n'avons pas goûté ?

— Nous n'avions pas le temps, objecte Rézi qui sourit vers moi.

— Du raisin noir au moins ? il fait si soif...

— Oui, du raisin noir... Prends...

Je le bois entre ses lèvres... Je chancelle de désir et de fatigue. Elle s'échappe de mes bras.

Les ampoules éteintes, la porte entrebâillée sur le froid sonore et lumineux de l'escalier, Rézi toute tiède qui me tend une dernière fois sa bouche au raisin muscat... et c'est tout de suite la rue, la hâte coudoyeuse des passants, et, à cause du rhabillage insolite, le frisson, le mal de cœur léger d'un lever en pleine nuit...

— Mon enfant chérie, viens que je te fasse rire !

C'est Renaud, qui interrompt dans le cabinet de toilette l'étrillage prolongé et matinal de mes cheveux courts. Il rit déjà, calé dans le fauteuil de paille.

— Voilà. Une personne dévouée, qui veut bien, pour soixante centimes l'heure, veiller au bon ordre de la rue Goethe, m'a remis ce matin un objet (trouvé dans la houle des draps) proprement plié dans un fragment du *Petit Parisien*, avec ces seuls mots : « C'est la mentonnière de Monsieur... »

— ! ! !

— Bon ! tu vas tout de suite penser à des inconvenances ! Regarde.

Au bout de ses doigts pendille un étroit chiffon de linon à tout petits plis, bordé de malines... L'épaulette de la chemise de Rézi ! Je l'ai prise au vol... je ne la lui rendrai pas.

— ... Je soupçonne d'ailleurs cette concierge de fournir des « mots » à nos vaudevillistes les plus aimés du public. Hier, vers six heures, je suis venu, discret — et un peu inquiet de ma chérie si longue à revenir — lui demander des vos nouvelles. Elle m'a répondu, pleine d'un blâme respectueux : « Il n'y a pas loin de deux heures que ces dames attendent après Monsieur. »

— Alors ?

— Alors... je ne suis pas monté, Claudine. Embrasse-moi « en pour ».

Ceci ne sera plus le journal de Claudine, vraiment, puisque je n'y puis parler que de Rézi. Qu'est devenue la Claudine alerte de jadis ? Lâche, brûlante et triste, elle flotte dans le sillage de Rézi. Le temps coule sans incidents autres que nos rendez-vous rue Goethe, une fois, deux fois par semaine. Le reste du temps, je suis Renaud dans l'exercice de ses fonctions : premières, dîners, salons littéraires. Au théâtre, souvent, j'emmène mon amie aggravée de Lambrook, dans la couarde certitude qu'elle ne me trompera pas pendant ce temps-là. Je souffre de jalousie et pourtant... je ne l'aime pas.

Non, je ne l'aime pas ! Mais je ne puis me déprendre d'elle, et d'ailleurs je n'y tâche point. Hors de sa présence, je puis, sans frémir, me l'imaginer boulée par une automobile, aplatie dans un accident de métropolitain. Mais je ne saurais, sans que les oreilles me sifflent, sans que mon cœur s'accélère, me dire : « En ce moment, elle livre sa bouche à un amant, à une amie, avec ce battement précipité des cils, ce renversement buveur que je connais. »

Qu'est-ce que ça fait que je ne l'aime pas..., je souffre tout autant !

Je supporte mal la présence de Renaud, si volontiers immiscé en tiers. Il n'a pas voulu me donner la clef du petit appartement, alléguant, sans doute avec raison, qu'on ne doit pas nous y voir pénétrer seules. Et c'est chaque fois pour moi le même effort humiliant de lui dire : « Renaud, nous allons demain *là-bas*... »

Il s'empresse, gentil, heureux, sans doute, comme commun à tous deux, de s'affirmer vicieux et bien modernes me confond. Je fais ce que fait Rézi, pourtant, — et même davantage, — et je ne me sens pas vicieuse.

À présent, Renaud s'attarde en nous accompagnant *là-bas*. Il verse le thé, s'assoit, fume une cigarette, bavarde, se lève pour redresser un cadre ou chiquenauder une mite au velours des prie-Dieu... il laisse deviner qu'il est chez lui. Et quand il veut enfin partir, feignant la hâte et l'excuse, c'est Rézi qui proteste. « Mais pas du tout, restez donc une minute !... » Moi, je ne dis rien.

Leur causerie me laisse à l'écart : potins, médisances, plaisanteries vite devenues lestes, allusions peu voilées au tête-à-tête qui va suivre... Elle rit, elle prête à ces longueries son doux regard myope, la grâce vibrante de sa nuque et de sa taille... Je vous jure, je vous jure que j'en suis choquée, aussi irritée et pudique qu'une fille sage devant des images obscènes... La volupté — la mienne — n'a rien à voir avec le pelotage.

Dans la chambre claire, où flottent, mêlés, l'iris de Rézi, le chypre rude et sucré de Claudine, dans le grand lit embaumé de nos deux corps, je me venge, silencieuse, de tant de piqûres cachées et saignantes... Puis, s'adaptant à moi, dans une pose, Dieu merci, familière, Rézi parle et me questionne, agacée de la brièveté, de la simplicité de mes réponses, avide de savoir davantage, incrédule quand j'affirme ma sagesse antérieure et la nouveauté de ma folie.

— Mais enfin, Luce ?
— Eh bien, Luce, elle m'aimait.
— Et... rien ?
— Rien ! Vous me trouvez grotesque ?
— Non, certes, ma Claudine.

La joue sur ma gorge, elle paraît écouter en elle-même. Des souvenirs affleurent en étincelles à ses yeux gris... Si elle parle, je vais avoir envie de la battre, et pourtant, j'ai bien envie qu'elle parle...

— Rézi, tu n'as pas attendu ton mariage ?
— Si ! s'écrie-t-elle redressée, cédant au besoin de se raconter. Les débuts les plus ridicules, les plus médiocres... Mon professeur de chant, une blonde teinte, des os de cheval, qui, parce qu'elle avait des yeux vert d'eau, revêtait les ajustements modern-style et la personnalité d'une sphynge anglo-saxonne... Avec elle, je travaillai ma voix, et toute la gamme des perversités... J'étais très jeune, nouvelle mariée, craintive et peu emballée...

Je cessai les leçons, au bout d'un mois, oui, un mois juste, désenchantée affreusement, pour avoir assisté, par la porte entrouverte, à une petite scène où la sphynge, ceinturée d'écharpes liberty, convainquait aigrement sa cuisinière d'un dol inférieur à quatre-vingt-cinq centimes...

Rézi s'anime, ondule, agite ses cheveux de soie, rit au comique de sa réminiscence. Assise dans le creux de sa hanche, repliée sur elle-même, un pied dans sa main, la chemise glissante, elle a l'air de s'amuser énormément.

— Et puis, Rézi, qui, après ?
— Après... c'était...

(Elle hésite, me regarde rapidement, referme la bouche et se décide) :

— C'était une jeune fille.

(Je jurerais, à sa mine, qu'elle vient de « passer » quelqu'un ou quelqu'une.)

— Une jeune fille ? Vraiment ? C'est intéressant ! (J'ai envie de la mordre.)

— Intéressant, oui... Mais j'ai souffert. Oh ! jamais plus je n'ai voulu connaître de jeune fille !

(Songeuse et demi-nue, la bouche attristée, elle semble un enfant amoureuse. Comme je dessinerais bien mes dents, en deux petits arcs rouges, sur cette épaule que nacre le demi-jour !)

— Vous... l'aimiez, celle-là ?

— Oui, je l'aimais. Mais, à présent, je n'aime que vous, chérie !

Tendresse vraie ou appréhension instinctive, elle a jeté autour de moi ses bras purs et me noie de ses cheveux épandus. Mais je veux la fin de l'histoire...)

— ... Et elle, elle vous aimait ?

— Oh ! que sais-je ? Rien n'égale, ma Claudine aimée, la cruauté, l'exigence froide et essayeuse des jeunes filles ! (Je dis les jeunes filles honnêtes, les autres ne comptent pas.) Il leur manque le sens de la souffrance, celui de la pitié et de la justice... Celle-là, plus chercheuse et plus âpre au plaisir qu'une veuve de l'an passé, me laissait pourtant des semaines dans l'attente, ne voulait me voir que dans sa famille, regardait mon chagrin d'un joli et candide visage aux yeux purs... Quinze jours après, j'apprenais la cause de ma pénitence : un retard de cinq minutes au rendez-vous, une conversation trop gaie avec un ami... Et les mots méchants, les allusions cuisantes faites à voix haute, en public, avec sa bravoure aiguë, brutale, de celles que n'a pas encore adoucies et apeurées la première faute !...

Mon cœur réduit et pincé bat plus vite. Je voudrais anéantir celle qui parle. Pourtant, je l'estime davantage, emportée et véridique dans son aveu. Je préfère ses yeux orageux que noircit son souvenir, au regard enfantin et provocateur dont elle dévisage Renaud — et tout homme, — et toute femme — et le concierge...

Mon Dieu, comme je suis changée ! Peut-être pas changée à fond, je l'espère, mais... déguisée. Le printemps est là, printemps de Paris, un peu poitrinaire, un peu corrompu, vite lassé, n'importe, c'est le printemps. Et que sais-je de lui que les chapeaux de Rézi ! Les violettes, les lilas, les roses ont tour à tour fleuri sur sa tête charmante, épanouis à la lumière de ses cheveux. Elle a présidé, autoritaire, à mes séances de modiste, agacée de constater si ridicules sur ma tête court-bouclée certains chapeaux de « dame ». Elle m'a traînée chez Gauthé, pour m'y faire ceindre de cette armature de rubans imbriqués, corset docile qui obéit au rythme de mes hanches... Affairée, elle a trié, parmi des étoffes, les bleus favorables au jaune de mes yeux, les roses vigoureux sur quoi mes joues s'ambrent si singulièrement... Je suis vêtue d'elle. Je suis habituée d'elle. Je résiste avec peine au désir de la battre, et je crains de lui déplaire. Je jette, avant son seuil, la botte de narcisses sauvages achetée à quelque ambulant... Leur odeur excessive et méridionale m'est douce, mais Rézi ne l'aime pas.

Ah ! comme je suis loin d'être heureuse ! Et comment alléger l'angoisse qui m'oppresse ? Renaud, Rézi, tous deux me sont nécessaires, et je ne songe pas à choisir. Mais que je voudrais les séparer, ou mieux, qu'ils fussent étrangers l'un à l'autre !

Ai-je trouvé le remède ? On peut toujours essayer.

Marcel vient me voir aujourd'hui. Il me trouve bizarre, à la fois morne et agressive. C'est que, depuis une semaine, je recule un rendez-vous, que Rézi implore, Rézi toute fraîche, empressée, que le printemps éperonne... Mais je ne puis presque plus supporter la présence de Renaud entre nous deux. Comment ne le sent-il pas ? La dernière fois, rue Goethe, l'humeur voyeuse et tendre de mon mari s'est heurtée à une telle sauvagerie brutale que Rézi, inquiète, s'est levée, lui a fait je ne sais quel signe... Tout de suite il est parti... Cette manière d'entente, entre eux, m'a exaspérée davantage, je me suis butée, et Rézi s'en est allée, pour la première fois, sans retirer le chapeau qu'elle enlève après sa chemise.

Marcel, donc, plaisante ma mine rêche. Il a, dès longtemps, éventé le secret de mon souci et de ma joie ; il flaire en moi l'endroit malade, avec une sûreté qui m'étonnait, si je ne connaissais mon beau-fils. Il me voit sombre aujourd'hui, alors il insiste, méchamment, sur ma petite plaie.

— Êtes-vous une amie jalouse ?
— Et vous ?
— Moi... Oui et non. Vous *la* surveillez ?
— Est-ce que ça vous regarde ? Et pourquoi *la* surveillerais-je ?
(Il hoche sa fine tête maquillée, assure longuement sa cravate où

changent et se nacrent des nuances de scarabée ; puis il me regarde en coin) :

— Pour rien. Moi, je la connais peu. C'est superficiellement qu'*Elle* me donne l'impression d'une femme à surveiller.

(Je souris sans charité) :

— Vraiment ? J'en crois votre expérience de la femme...

— Charmant, concède-t-il sans s'émouvoir ; c'est un mot cruel. D'ailleurs, vous avez parfaitement raison. Je vous ai aperçus, tous trois, à la première du Vaudeville, Mme Lambrook m'a paru délicieuse, coiffée un peu serré peut-être. Mais quelle grâce, et comme elle semble vous aimer..., vous et mon père !

(Je me raidis bien et ne laisse rien paraître. Déçu, Marcel se lève avec un de ces effets de hanche !... pour qui, Seigneur ?)

— Adieu, je rentre. Vous assombririez un auteur gai, s'ils n'étaient déjà si lugubres, tous !

— Pour qui me laissez-vous ?

— Pour moi. Je suis en lune de miel avec mon petit *home*.

— Vous avez un nouveau petit... ?

— Oui, avec une seule *m*. Comment ! Vous ne savez rien de mon émancipation ?

— Non, *ils* sont si discrets !

— Qui ?

— Vos amis.

— C'est le métier qui veut ça. Oui, j'ai un petit appartement de cocotte. Tout petit, petit, petit. On y tient deux, en se serrant.

— Et on se serre ?

— C'est vous qui l'avez dit. Vous ne viendrez pas le voir ? J'aime autant, par exemple, que vous n'ameniez pas mon cher père. Votre amie, si cela peut l'amuser... Quoi ?

(Je lui ai pris le poignet d'une main vive, sous la poussée d'une idée, brusquement.)

— Vous ne vous absentez jamais l'après-midi ?

— L'après-midi... Si. Le jeudi et le samedi. Mais n'espérez pas, ajoute-t-il avec un joli sourire de jeune fille pudique, que je vous dise où je vais...

— Ça ne m'intéresse pas... Dites donc, Marcel... on ne peut pas le visiter en votre absence, votre petit reposoir ?

— Mon petit fatiguoir ?...

(Il lève des yeux vicieux, bleu moiré de gris sombre. Il a compris.)

— À la rigueur… Elle est discrète, la jolie Mme Lambrook ?
— Oh !…
— Je vous donnerai la clef. Ne cassez pas mes petits bibelots, j'y tiens. La bouilloire électrique, pour le thé, dans une armoire verte à gauche en entrant ; il n'y a pas à se tromper, j'ai juste un cabinet de travail ( !) et une chambre à causer, avec cabinet de toilette. Les petits gâteaux secs, le vin de Château-Yquem, l'arak et le ginger-brandy dans la même armoire. Jeudi prochain ?
— Jeudi prochain. Merci, Marcel.

C'est une petite canaille, mais je l'embrasserais de bon cœur. Une joie tapageuse me promène d'une fenêtre à l'autre, les mains derrière le dos et sifflant à tue-tête.

Il donne la clef, lui !

La toute petite clef d'une serrure Fichet fait bosse dans mon porte-monnaie, sous ma main. J'emmène Rézi, avec le fol espoir de courir à une « solution ». La voir en secret, écarter de toute cette histoire, qui ne le regarde pas, mon cher Renaud, que j'aime trop ainsi — ah ! Dieu oui — pour pouvoir, sans un affreux malaise, le voir mêlé à ces micmacs...

Rézi m'accompagne docilement, amusée, heureuse que ma rigueur ait fondu enfin au bout d'une semaine de bouderie.

Il fait chaud ; elle ouvre dans la victoria la veste garçonnière de son costume bleu en serge bourrue, et soupire en cherchant l'air. Je contemple, à la dérobée, la fuite de son profil simple, le nez de petite fille, les cils traversés de lumière, le velours des sourcils cendrés... Elle tient ma main, attend en patience et parfois se penche un peu, pour une charrette fleurie qui nous soufflette de son odeur mouillée, pour une vitrine ou une femme bien habillée qui passe... Elle est si douce, mon Dieu ! Ne dirait-on pas qu'elle n'aime, qu'elle n'espère que moi ?

Chaussée-d'Antin, une grande cour, puis une petite porte, un escalier minuscule et bien tenu, des paliers où l'on ne peut guère se tenir que sur un pied. Les trois étages gravis d'un trait, je m'arrête : ça sent déjà Marcel, santal et foin coupé, avec un rien d'éther. J'ouvre.

— Attendez, Rézi, on ne peut passer qu'un à la fois !

Mais oui, c'est comme je dis. Que cet appartement de poupée m'amuse déjà ! Un embryon d'antichambre précède une amorce de cabinet de travail ; la chambre à coucher-salon... causoir atteint seule des proportions normales.

Comme deux chattes dépaysées, nous avançons pas à pas, retenues à chaque meuble, à chaque cadre... Trop de parfums, trop de parfums...

— Regardez, Claudine, l'aquarium de la cheminée...

— Et les moissons à trois queues...

— Oh ! en voilà un qui a les nageoires comme des volants en forme ! Ça, c'est un brûle-parfums ?

— Non, un encrier, je crois... ou une tasse à café... ou autre chose.

— La belle étoffe ancienne, chérie ! on en ferait des revers délicieux pour une veste de demi-saison... Cette petite déesse charmante qui tient ses bras croisés...

— C'est un petit dieu...

— Mais non, Claudine !

— On ne voit pas bien, il y a une draperie. Aïe ! ne vous asseyez pas, comme j'ai fait, Rézi, sur le bras de ce fauteuil anglais et vert !...

— C'est vrai. Quelle idée baroque, ces espèces de lances en bois verni ! Il y a de quoi s'empaler !

— Chut ! Rézi, ne parlons pas de pal dans la maison de Marcel.

— Oh ! Venez vite voir, mon petit pâtre !

(Je n'aime pas qu'elle m'appelle « mon petit pâtre », c'est un mot de mon Renaud. Ça me blesse pour elle, et surtout pour lui.)

— Voir quoi ?

— Son portrait !

Je la rejoins dans le salon-chambre à couch..., etc. C'est bien le portrait de Marcel, en dame byzantine. Un pastel assez curieux, couleur hardie sur dessin mou. Des cheveux roux en roues sur les oreilles, le front lourd de joyaux, elle, il... ah ! zut ! je ne sais plus... Marcel tient loin de lui, d'un geste apprêté, un pan traînant de la robe rigide et transparente, une gaze chargée de perles, droite comme une averse et qui montre, de pli en pli, le rose de la hanche fuyante, le mollet, le genou délié. Visage aminci, yeux dédaigneux, plus bleus sous les cheveux roux, c'est bien Marcel.

Rêveuse contre Rézi accotée à mon épaule, je revois le suspect garçon brun, l'intense portrait du Bronzino, au Louvre, qui m'a si soudainement conquise...

— Qu'il a de jolis bras, cet enfant ! soupire Rézi. Dommage qu'il ait des goûts...

— Dommage pour qui ? dis-je, vite soupçonneuse.

— Pour sa famille, tiens !

(Elle rit et tend ses dents à mes lèvres. Mes préoccupations prennent un autre chemin) :

— Ah ! ça, mais... où couche-t-il ?

— Il ne couche pas... Il s'assied. Se coucher, c'est bien vulgaire.

Quoi qu'elle en dise, j'ai trouvé derrière un rideau de panne rose une façon d'alcôve étroite, un divan drapé de cette même panne rose, où des feuilles de platane ont laissé, en nuance de cendre verdâtre, leur ombre cinq fois pointue. Je joue, le doigt pressant un bouton électrique, à répandre sur cet autel la lumière qui tombe d'une fleur de cristal renversée... Orchidée, va !

Rézi montre d'un index mince les coussins qui jonchent le divan :

— Voilà qui suffirait à raconter qu'une femme ne mit jamais ici sa tête, ni le reste.

Je ris de sa malice perspicace. Les coussins, bien choisis, sont tous de brocart rude, de broderie au fil d'or et d'argent, de quinze-seize pailleté. Une chevelure féminine s'y carderait pitoyablement.

— Ah bien, nous les ôterons, Rézi.

— Ôtons-les, Claudine…

Peut-être ce sera le plus joli souvenir de notre tendresse. Je suis abandonnée, moins âpre. Elle apporte sa ferveur coutumière, sa docilité vaincue, et la fleur renversée épand sa lueur opaline sur notre bref repos…

Un peu après, en dessous de nous, un sec piano fourbu et un ténorino avarié se coalisent pour marteler, convaincus :

*Jadis — vivait — en Nor — mandie…*

C'est d'abord gênant d'avoir, autant que moi, le sens du rythme. Mais on s'y fait. On s'y fait. Ça n'est plus du tout gênant… au contraire.

*Jadis — vivait — en Nor…*

Si quelqu'un m'avait jamais prédit qu'un six-huit de *Robert le Diable* m'impressionnerait un jour jusqu'à me serrer la gorge… Mais il y faut un concours de circonstances particulières.

Vers six heures, au moment où Rézi apaisée s'endort, les bras à mon cou, le timbre d'entrée grelotte, impérieux, à nous briser les nerfs. Affolée, elle étouffe un cri et m'enfonce tous ses ongles dans la nuque. Dressée sur un coude, j'écoute.

— Chérie, n'aie pas peur, ne crains donc rien, c'est quelqu'un qui se trompe… un ami de Marcel, il ne peut pas les avoir tous avertis de son absence…

Elle se rassure, découvre sa blanche figure, se détend, dans le désordre le plus dix-huitième siècle qu'on puisse voir… mais, de nouveau, *trrr…*

Elle bondit, et commence à s'habiller, sans que son épouvante fasse hésiter ses doigts escamoteurs. La sonnerie insiste, persiste ; elle est taquine, intelligente, elle joue des airs de timbre… je serre les dents d'irritation nerveuse.

Ma pauvre amie, pâle, déjà toute prête à partir, serre ses mains sur ses oreilles. Les coins de sa bouche tressaillent à chaque reprise. J'ai pitié.

— Rézi, voyons, c'est évidemment un ami de Marcel…

— Un ami de Marcel ! Vous n'entendez donc pas la méchanceté, l'intention de cette sonnerie exaspérante !… Allez, c'est quelqu'un qui nous sait ici. Si mon mari…

— Ah ! vous n'êtes pas brave !

— Merci ! c'est facile d'être brave avec un mari comme le vôtre !

Je me tais. À quoi bon ? J'agrafe mon corset. Vêtue, je vais, à pas de chat, tendre l'oreille près de la porte. Je n'entends rien que ce timbre, ce timbre !

Enfin, après un dernier et long trille, une espèce de point d'exclamation, je perçois la fuite de pieds légers…

— Rézi ! il est parti.

— Enfin ! ne sortons pas tout de suite, on peut nous guetter… Si jamais je reviens ici !…

La triste fin de ce rendez-vous sans lendemain ! Ma jolie peureuse montre une telle hâte à me quitter, à s'éloigner de cette maison, de ce quartier, que je n'ose lui demander de rentrer avec elle… Elle descend la première, pendant que j'éteins la fleur renversée, que je ramasse les coussins pailletés. Le portrait de Marcel me regarde, menton dédaigneux, lèvres maquillées et closes…

J'ai aujourd'hui devant moi, serré dans un veston noir fort court, l'original du compromettant pastel byzantin. Il pétille de curiosité, comme au temps où Luce l'intriguait si fort.

— Eh bien, hier ?

— Eh bien, merci. Vous avez là un petit temple délicieux digne de vous.

(Il s'incline.)

— De vous aussi.

— Trop gentil. Votre portrait surtout m'a... intéressée. J'ai plaisir à vous savoir une âme contemporaine de Constantin.

— C'est le goût du jour... Dites-moi, vous n'êtes pas gourmandes, ni l'une ni l'autre : mon Château-Yquem, un cadeau de grand-mère, ne vous a donc pas tentées ?

— Non. La curiosité a muselé chez nous les autres instincts.

— Oh ! la curiosité, ... doute-t-il avec le sourire de son portrait... Quelles bonnes petites ménagères vous faites, j'ai trouvé tout dans un ordre parfait ! On ne vous a pas dérangées, au moins ?

(L'éclair de son sourire, son regard jeté et rentré si vite... Ah ! la petite canaille, c'était lui qui sonnait — ou qui faisait sonner, — j'aurais dû m'en douter ! Mais tu ne me pinceras pas, mauvais garçon.)

— Non, pas du tout. Un calme de maison bien tenue. On a sonné une fois, je crois... et encore je ne suis pas sûre. J'étais toute, dans ce moment-là, à la contemplation de... de votre petite déesse androgyne, qui croise les bras...

(Ça lui apprendra ! Et comme nous sommes deux bons joueurs, il arbore un air d'amphitryon satisfait.)

Une lettre de Montigny, que je suis obligée de lire tout haut pour la comprendre, tant l'orthographe en est hiéroglyphique.

> *Tu ne viens donc pas vers nous, ma petite servante ? Voilà que le grand rosier « cuisse-de-nain » veut fleurir, il est à même. Et le petit « frère pleureur » a bien forci. Monsieur est pareil.*

Que Monsieur soit pareil, Mélie, je n'en pourrais douter. Que le frêne pleureur ait forci, cela est bien. Et que le grand rosier cuisse-de-nymphe va fleurir... Il est si beau, il tapisse tout un mur, il fleurit avec hâte, avec abondance, sans repos, s'épuise vers l'automne, après des refloraisons, des sursauts de vie embaumée ; c'est un arbrisseau de pur sang qui mourra à la peine... « Le rosier cuisse-de-nymphe veut fleurir. » À cette nouvelle, j'ai senti revivre, humide de sève, la fibre qui m'attache à Montigny. Il veut fleurir !... Je palpite un peu de la joie fière d'une maman à qui l'on dit : « Votre fils aura tous les prix ! »

Toute ma famille végétale m'appelle. Mon ancêtre le vieux noyer vieillit à m'attendre. Sous la clématite, il pleuvra des étoiles bientôt...

Mais je ne puis, je ne puis ! Que ferait Rézi sans moi ? Je ne veux pas laisser Renaud près d'elle ; mon pauvre grand est si aimeur, et elle si... aimable !

Emmener Renaud ? Rézi toute seule, Rézi dans un Paris d'été, sec et brûlant, seule avec sa fantaisie et son goût de l'intrigue... Elle me trompera.

Mon Dieu ! est-il vrai que, d'heure en heure, de baisers en bouderies, quatre mois ont déjà passé ? Je n'ai rien fait durant ce temps, rien fait qu'attendre. J'attends, en la quittant, le jour qui me la rend ; j'attends, quand je suis auprès d'elle, que le plaisir, lent ou bref à venir, me la livre plus belle et plus sincère. J'attends, quand Renaud est avec nous, qu'il s'en aille, et j'attends le départ de Rézi, pour causer un peu sans amertume, sans jalousie, avec mon Renaud que, depuis Rézi, il me semble aimer plus encore.

Cela devait arriver ! Je suis tombée malade, et voilà trois semaines perdues. Une influenza, un refroidissement, du surmenage, qu'il appelle ça comme il voudra, le médecin qui me soigne, j'ai eu beaucoup de fièvre et beaucoup de mal dans ma tête. Mais on est solide, au fond.

Cher grand Renaud, que votre douceur me fut douce. Jamais je ne vous sus autant de gré de parler avec un son moyen, nuancé, arrondi...

Rézi aussi m'a soignée, malgré l'appréhension de lui paraître laide qui me faisait cacher dans mes bras mon visage brûlant. Quelquefois, sa manière de regarder Renaud, de s'asseoir « pour lui » au bord de mon lit, un genou relevé, gracieuse amazone en chapeau de copeaux tressés, en robe de broderie anglaise à ceinture de velours, tout son manège trop apprêté, trop coquet pour visiter une malade, m'ont choquée. À la faveur de la fièvre, j'ai pu lui crier « Va-t'en ! » et elle a cru que je délirais. J'ai cru voir, aussi, que Renaud sourit, lorsqu'elle entre, comme à une bouffée de vent frais... Ils causent devant moi de choses que je n'ai pas vues, et leur conversation, que je suis difficilement, me blesse, comme un langage convenu entre eux...

J'en ai voulu à mon amie de sa fraîche beauté aux joues mates et sans ombre. Et quoiqu'elle posât bien doucement, au long du divan où je reprenais mes forces, des roses rouge-noir à longue tige, je prenais, après son départ, la glace à main cachée sous les coussins, pour y mirer longtemps ma pâleur, en songeant à elle avec une jalouse rancune...

— Renaud, c'est vrai que les arbres des boulevards sont déjà roussis ?

— Oui, c'est vrai, ma petite fille. Veux-tu venir à Montigny, tu en verras de plus verts ?

— Ils sont trop verts... Renaud, aujourd'hui, je pourrais sortir, je suis si bien portante. J'ai mangé toute une noix de côtelette après mon bœuf, j'ai bu un verre d'Asti, et picoré des raisins... Vous sortez ?

(Debout devant la fenêtre de son « sanctuaire du travail », il me regarde avec indécision.)

— J'aimerais bien sortir avec un beau mari comme vous. Ce complet gris vous va très bien, et ce gilet de piqué accentue en vous la prestance Second-Empire qui me plaît tant... C'est pour moi que vous êtes si jeune aujourd'hui ?

(Il rougit un peu sous sa peau foncée, et lisse sa longue moustache d'argent.)

— Tu sais bien que j'ai de la peine, quand tu parles de mon âge...

— Qui parle de votre âge ? J'ai grand-peur, au contraire, que votre jeunesse dure aussi longtemps que vous-même, comme une maladie qu'on a de naissance. Emmenez-moi, Renaud ! Je sens en moi une force à étonner le monde !

(Ma grandiloquence ne le décide pas.)

— Mais non, ma Claudine, le morticole t'a dit : « Pas avant dimanche. » Nous sommes vendredi. Encore quarante-huit heures de patience, mon oiseau chéri. Tiens, voilà une amie qui saura te garder à la maison...

Il profite de l'entrée de Rézi pour s'esquiver. Je ne reconnais plus mon grand, si attentif à me plaire contre toute sagesse... Ce médecin est idiot !

— Pourquoi cette moue, Claudine ?

(Elle est si jolie que je me déride, cette fois. Bleue, bleue, bleue, d'un bleu vaporeux et savonneux à la fois...)

— Rézi, les elfes ont battu leur linge dans l'eau de votre robe.

Elle sourit. Assise contre sa hanche, je la vois d'en bas. Une fossette longue en point d'exclamation devise son menton têtu. Ses narines dessinent l'arabesque correcte et simple que j'admirais dans le nez de Fanchette. Je soupire.

— Voilà, je voulais sortir et cet âne de médecin ne veut pas. Restez-moi, vous, au moins, et donnez-moi votre fraîcheur, l'air libre qui bat dans votre jupe, aux ailes de votre chapeau de feuilles. Est-ce un chapeau, est-ce une couronne ? Jamais je ne vous vis si irrésistiblement viennoise, ma chère, avec vos cheveux de bière mousseuse... Restez-moi, racontez-moi la rue, les arbres grillés..., et le peu de tendresse que notre séparation vous a laissée pour moi...

(Mais elle refuse de s'asseoir, et tandis qu'elle me parle d'une voix enjôleuse, ses yeux vont d'une fenêtre à l'autre comme cherchant une issue.)

— Oh ! que j'ai gros cœur ! j'aurais voulu, ma douce, passer la journée près de vous, surtout si vous êtes seule... Il y a si longtemps, Claudine chérie, que votre bouche a oublié la mienne !...

(Elle se penche, caressante, offre ses dents mouillées, mais je me détourne.)

— Non. Je dois sentir la fièvre. Allez vous promener. Je veux dire : allez à la promenade.

— Mais ce n'est pas une promenade, ma Claudine ! C'est demain l'anniversaire de mes fiançailles, — il n'y a pas de quoi rire ! — et j'ai l'habitude de donner ce jour-là un cadeau à mon mari...

— Eh bien ?

— Eh bien, j'ai oublié, cette année, mon devoir d'épouse reconnaissante. Et je cours, pour que Mister Lambrook trouve ce soir, sous sa serviette en bonnet d'évêque, n'importe quoi, un étui à cigares, des boutons de perles, un écrin à la dynamite, quelque chose, enfin ! Sans quoi, c'est trois semaines de silence à la glace, de dignité sans reproche... Dieu ! s'écrie-t-elle en levant ses poings, le Transvaal a pourtant besoin d'hommes, qu'est-ce qu'il fiche ici ?

(Sa narquoiserie volubile et voulue m'emplit de défiance.)

— Mais, Rézi, que ne confiez-vous votre achat au goût infaillible d'un valet de chambre ?

— J'y ai songé. Mais la domesticité, sauf ma « meschine », appartient à mon mari.

(Décidément, elle tient à sortir.)

— Allez, épouse vertueuse, allez fêter la Saint-Lambrook...

(Elle a déjà rabaissé sa voilette blanche.)

— Si je suis de retour avant six heures, voulez-vous encore de moi ?

(Qu'elle est jolie ainsi penchée ! Sa jupe, collée en torsade par la vivacité de son geste, la révèle toute... Une admiration platonique m'anime seule... Est-ce la faute de ma convalescence ? Je ne sens plus battre à grandes ailes tumultueuses le désir d'autrefois... Et puis, elle m'a refusé de me sacrifier la Saint-Lambrook !)

— C'est selon. Montez toujours, on vous donnera suivant votre mérite... Non, je vous dis, je sens la fièvre !...

Me voici seule. Je m'étire, je lis trois pages, je marche. Je commence une lettre pour Papa, puis je m'absorbe dans un polissage minutieux de mes ongles. Assise devant la table à coiffer, je jette de temps en temps un coup d'œil au miroir-chevalet, comme on regarde l'heure. Je n'ai pas si mauvaise mine que ça, après tout... Les boucles un peu plus longues, ce n'est pas vilain. Ce col blanc, cette chemisette de mousseline rouge à mille raies blanches, ça sent la promenade à pied, la rue... Je lis dans la glace ce qu'ont résolu mes yeux. C'est vite fait ! Un canotier ceinturé de noir, une veste sur mon bras pour que Renaud ne blâme pas l'imprudence et je suis dehors.

Seigneur, qu'il fait chaud ! Ça ne m'étonne pas que le rosier cuisse-de-nymphe s'en donne de fleurir... Sale pays, que ce Paris ! Je me sens légère, j'ai maigri. Ça enivre un peu l'air libre, mais en marchant on s'y habitue. Je ne remue guère plus de pensées qu'un chien d'appartement qu'on sort après huit jours de pluie.

Sans le faire exprès, j'ai pris machinalement le chemin de la rue Goethe. Dame !... Je souris en arrivant devant le 59 et je jette un regard ami aux rideaux de tulle blanc qui voilent les fenêtres du second étage...

Ah ! le rideau a remué... Ce petit mouvement m'a clouée au trottoir, raide comme une poupée. Qui donc est « chez nous ? » C'est le vent entré par une fenêtre sur la cour, qui a soulevé ce tulle sans doute... Mais pendant que ma logique raisonne, la bête, en moi, mordue d'un soupçon, puis encolérée brusquement, a deviné avant que de comprendre.

Je traverse la rue au pas de course, je monte les deux étages, comme dans un cauchemar, sur des marches en coton hydrophile qui enfoncent et rebondissent sous mes pieds. Je vais me pendre au bouton de cuivre, sonner à tout briser... Non, *Ils* ne viendraient pas !

J'attends une minute, la main sur le cœur. À cause de ce pauvre geste banal, une phrase de Claire, ma sœur de lait, revient, cruelle, à mon souvenir : « C'est comme dans les livres, n'est-ce pas, la vie ? »

Je tire le bouton de cuivre, timidement, tressaillante au bruit nouveau de cette sonnette qui n'avait jamais sonné pour nous... Et pendant deux longues secondes, je me dis, étreinte d'une lâcheté de petite fille : « Oh ! si on pouvait ne pas ouvrir ! »

Le pas qui s'approche ramène tout mon courage dans un flot de colère. La voix de Renaud demande, mécontent : « Qui est là ? »

Je suis sans souffle. Je m'appuie au mur de faux marbre qui me fait froid au bras. Et, pour le bruit de la porte qu'il entrouvre, je souhaite mourir...

... pas longtemps. Il faut, il faut ! Je suis Claudine, que diable ! Je suis Claudine ! Je jette ma peur comme un manteau. Je dis : « Ouvrez, Renaud, ou je crie. » Je regarde en face celui qui ouvre, tout vêtu. Il recule devant moi, d'étonnement. Et il ne lâche que ce mot bien modéré, de joueur agacé par la guigne : « Sapristi ! »

L'impression d'être la plus forte me raidit encore. Je suis Claudine ! Et je dis :

— J'ai vu d'en bas quelqu'un à la fenêtre ; alors je suis montée vous dire un petit bonjour.

— C'est malin ce que j'ai fait là, murmure-t-il.

Il ne tente pas un geste pour m'arrêter, s'efface pour me laisser passer et me suit.

J'ai traversé rapidement le petit salon, soulevé la portière fleurie... Ah ! je savais bien ! Rézi est là, elle est là, pardi, qui se rhabille... En corset, en pantalon, son jupon de linon et de dentelle sur le bras, le chapeau sur la tête, comme pour moi... Je verrai toujours cette figure blonde qui, sous mes regards, se décompose et semble mourir. Je l'envie presque d'avoir si peur... Elle regarde mes mains, et je vois sa fine bouche blanchir et se sécher. Sans me quitter les yeux, elle étend vers sa robe un bras qui tâtonne. J'avance d'un pas. Elle manque tomber, et protège son visage de ses coudes levés. Ce geste, qui découvre le creux mousseux de ses bras tant de fois respiré, déchaîne en moi des ouragans... Je vais prendre cette carafe, la lancer... ou cette chaise peut-être... Les arêtes des meubles vibrent devant mes yeux comme l'air chaud sur les prés...

Renaud, qui m'a suivie, m'effleure l'épaule. Il est incertain, un peu pâle, mais surtout ennuyé. Je lui dis, d'une voix pénible :

— Qu'est ce que... vous faites là ?

(Il sourit nerveusement, malgré lui.)

— Ma foi... nous t'attendions, tu vois.

Je rêve... ou il perd le sens... Je me retourne vers celle qui est là, qui a vêtu, pendant que mon regard s'est détourné d'elle, la robe d'eau bleue où les elfes ont battu leur linge... Ce n'est pas elle qui oserait sourire !

« C'est comme dans les livres, n'est-ce pas, la vie ? » Non, douce Claire. Dans les livres, celle qui arrive pour se venger tire deux coups de feu, au minimum. Ou bien elle s'en va, laissant la porte retomber, et son mépris, sur les coupables, avec un mot écrasant... Moi, je ne trouve rien, je ne sais pas du tout ce qu'il faut que je fasse, voilà la vérité. On n'apprend pas, comme ça, en cinq minutes, un rôle d'épouse outragée.

Je barre toujours la porte. Rézi va, je crois, s'évanouir. Comme ce serait curieux ! Lui, au moins, il n'a pas peur. Il suit, comme moi, avec moins d'émoi que d'intérêt, les phases de la terreur sur le visage de

Rézi, et semble enfin comprendre que cette heure-ci ne devait pas nous rassembler...

— Écoute, Claudine... Je voudrais te dire...

D'un geste du bras, je lui coupe sa phrase. Du reste, il ne semble pas autrement désireux de la continuer, et il hausse l'épaule gauche, d'un air de résignation un peu fataliste.

C'est à Rézi que j'en veux ! J'avance sur elle lentement. Je me vois avancer sur elle. Le dédoublement qui me gagne me rend incertaine sur mon intention. Vais-je la frapper, ou seulement augmenter, jusqu'à la syncope, sa peur honteuse ?

Elle recule, tourne derrière la petite table qui porte le thé. Elle gagne la paroi ! Elle va m'échapper ! Ah ! je ne veux pas.

Mais elle touche déjà la portière, tâtonne, à reculons et les yeux toujours fixés sur moi. Involontairement, je me baisse pour me ramasser une pierre, — il n'y a pas de pierres... Elle a disparu.

Je laisse retomber mes bras, mon énergie soudain rompue.

Nous sommes là tous deux, à nous regarder. Renaud a sa bonne figure, presque, de tous les jours. Il a l'air peiné. Il a de beaux yeux un peu tristes. Mon Dieu ! il va me dire : « Claudine... » et si je parle ma colère, si je laisse s'écouler en reproches et en larmes la force qui me soutient encore, je sortirai d'ici à son bras, plaintive et pardonnante... Je ne veux pas ! Je suis... je suis Claudine, bon sang ! Et puis, je lui en voudrais trop de mon pardon.

J'ai trop attendu. Il s'avance, il dit : « Claudine... » –

Je bondis, et, d'instinct, je me mets à fuir, comme Rézi. Seulement, moi, c'est moi que je fuis.

J'ai bien fait de me sauver. La rue, le coup d'œil que je jette au rideau dénonciateur raniment en moi l'orgueil et la rancune. Et d'ailleurs, je sais maintenant où je vais.

Courir en fiacre jusqu'à la maison, y saisir mon sac de voyage, redescendre après avoir jeté ma clef sur une table, ceci ne prend pas un quart d'heure. J'ai de l'argent, pas beaucoup, mais assez.

« Cocher, gare de Lyon. »

Avant de monter dans le train, je lance une dépêche à Papa, puis ce petit bleu à Renaud : « Envoyez à Montigny vêtements et linge pour séjour indéterminé. »

Ces bluets, sur le mur, passés du bleu au gris, ombres de fleurs sur un papier plus pâle... Ce rideau de perse à dessins chimériques... oui, voici bien le fruit monstrueux, la pomme qui a des yeux... Vingt fois je les ai vus en songe, pendant mes deux années de Paris, mais jamais si vivement...

Cette fois, j'ai bien entendu, du fond de mon transparent sommeil, le cri de la pompe !

Assise en sursaut sur mon petit lit bateau, le premier sourire de ma chambre d'enfant m'inonde de larmes. Larmes claires comme ce rayon qui danse en sous d'or aux vitres, douces à mes yeux comme les fleurs du papier gris. C'est donc vrai, je suis ici, dans cette chambre ! Je n'ai pas d'autre pensée, jusqu'au moment d'essuyer mes yeux, avec un petit mouchoir rose qui n'est pas de Montigny...

Ma tristesse tarit mes larmes. On m'a fait du mal. Mal salutaire ? Je suis près de croire, parce qu'enfin je ne puis pas être tout à fait malheureuse à Montigny, dans cette maison... Oh ! mon petit bureau taché d'encre ! Il enferme encore tous mes cahiers d'école, *Calcul*... *Orthographe*... Car on ne disait plus *Problèmes* ni *Dictée*, du temps de Mademoiselle, *Orthographe*, *Calcul*, ça fait plus distingué, plus « Enseignement secondaire... ».

Des ongles durs grattent la porte, malmènent la serrure. Un « *mouin* !... » angoissé et impérieux me somme d'ouvrir... Ô ma chère fille, que tu es belle ! Mes idées sont dans une telle salade que je t'avais un instant oubliée, Fanchette ! Viens dans mes bras, et dans mon lit, colle à mon menton ton nez humide et tes dents froides, si émue de me revoir que tes pattes « font du pain » sur mon bras nu, toutes griffes dehors. Quel âge as-tu donc ? Cinq ans, six ans, je ne sais plus. Ta blancheur est si jeune. Tu mourras jeune... comme Renaud. Allons, bon ! ce souvenir me gâte tout... Reste sous ma joue, que je m'oublie à écouter, déchaînée et vibrante, toute ton usine à ronrons...

Qu'as-tu pu penser de moi, à mon arrivée brusque et sans bagages ? Papa lui-même a flairé quelque chose :

— Eh bien ? et l'autre animal ? ton mari ?

— Il viendra dès qu'il aura le temps, Papa.

J'étais pâle, absente, demeurée là-bas, rue Goethe, entre ces deux êtres qui m'on fait du mal. Quoique dix heures eussent sonné, je refusai de me mettre à table, désireuse seulement d'un lit, d'un trou chaud et solitaire, pour songer, pour pleurer, pour détester... Mais l'ombre de ma chambre d'autrefois abrite tant de bienveillants petits fantômes que le sommeil vint avec eux, berceur et noir.

Un pas mou traîne des savates. Mélie entre sans frapper, remise d'aplomb, tout de suite, dans les vieilles habitudes. Elle tient dans une main le petit plateau déverni — le même ! — et de l'autre son sein gauche. Elle est fanée, sans soin, prête aux louches entremises, mais son aspect seul m'épanouit l'âme. Cette laide servante apporte, sur le petit plateau écaillé, dans la tasse fumante, « le philtre qui abolit les années !... » Il sent le chocolat, ce philtre. Je meurs de faim.

— Mélie !

— Quoi, ma France adorée ?

— Tu m'aimes, toi ?

Elle prend le temps de poser son plateau avant de répondre, en levant ses molles épaules :

— Probable.

(C'est vrai. Je sens que c'est vrai. Elle reste debout et me regarde manger. Fanchette aussi, assise sur mes pieds. Toutes deux m'admirent sans réserve. Cependant, Mélie secoue la tête et pèse son sein gauche d'un air désapprobateur.)

— T'as pas bien grosse mine. Quoi t'est-ce qu'*ils* t'ont fait ?

— J'ai eu l'influenza, je l'ai écrit à Papa. Où est-il, Papa ?

— Dans son rabicoin, parié. Tu le voiras atta-l'heure. Tu veux-t'y que j'âlle te chorcher une tine* ?

— À quoi faire ? dis-je, gagnée par le patois aimé.

— Pour laver Monsieur ton derrière, donc, et le restant.

— Voui-dâ, et une belle, encore !

(Au seuil, elle se retourne, et, à brûle-pourpoint) :

— Quance qui vient, M. Renaud ?

— Je sais-t'y, moi ? Il te l'écrira. Allons, trotte ! En attendant la tine, je me penche par la fenêtre.

On ne voit rien, dans la rue, que des toits qui dégringolent. En raison de la pente excessive, chaque maison a son premier étage au niveau du rez-de-chaussée de celle qui la précède. Assurément, la pente raide s'est accrue pendant mon absence ! J'aperçois le coin de la rue des Sœurs, qui va tout droit, je veux dire tout de travers, à l'École... Si j'allais voir Mademoiselle ? Non, je ne suis pas assez jolie... Et puis, j'y trouverais peut-être la petite Hélène, cette future Rézi...

---

\* Grande terrine, ou cuveau de bois.

Non, non, plus d'amies, plus de femmes !... Je secoue ma main, les doigts écartés, avec la gêne un peu dégoûtée que cause un long cheveu lisse accroché aux ongles...

Je me glisse pieds nus jusqu'au salon... Ces vieux fauteuils, comme leurs déchirures savent me sourire ! Ici, tout est en place. Deux ans de pénitence à Paris n'ont point attristé leurs dos ronds, leurs jolis pieds Louis XVI que blanchit un reste de peinture... Cette Mélie, quelle cruche ! Le vase bleu que, pendant quinze ans, j'ai vu à la gauche du vase vert, elle l'a posé à droite ! Vite, je remets en place les choses, je soigne et parachève le décor de presque toute ma vie. Rien ne manque, en vérité, que ma joie d'alors, que mon allègre solitude...

De l'autre côté des persiennes tirées contre le soleil, c'est le jardin... Non, jardin, non, je ne te verrai que dans une heure ! Tu m'émeus si fort, du seul murmure de tes feuilles, il y a si longtemps que je n'ai mangé de la verdure !

Papa croit que je dors. Ou bien, il a oublié que je suis arrivée. Ça ne fait rien. J'irai dans son antre, lui extirper quelques malédictions, tout à l'heure. Fanchette me suit pas à pas, craint une évasion. « Ma Fîîîle ! Ne crains rien ! sache que ma dépêche disait : *vêtements et linge pour séjour indéterminé...* » Indéterminé. Qu'est-ce que ça veut dire ? Je n'en sais trop rien. Mais il me semble bien que je suis ici pour longtemps, longtemps... Ah ! qu'il fait bon dépayser son mal !

Ma courte matinée s'écoule dans le jardin enchanté. Il a grandi. Le locataire passager n'a touché à rien, pas même, je crois, à l'herbe des allées...

Le noyer énorme porte mille et mille noix pleines. Et rien qu'à respirer l'odeur funèbre et forte d'une de ses feuilles froissées, mes yeux se ferment. Je m'accote à lui, qui protège le jardin et le dévaste, car la froideur de son ombre tue les roses. Qu'importe ? rien n'est plus beau qu'un arbre, — que celui-là. Au fond, contre le mur de la mère Adolphe, les deux sapins frères saluent de la tête sans rire, raides dans leur vêture sombre qui sert pour toutes les saisons...

La glycine qui escalade le toit a défleuri ses grappes charmantes... Tant mieux ! je pardonne difficilement aux fleurs de glycine d'avoir paré les cheveux de Rézi...

Inerte au pied du noyer, je m'écoute redevenir plante. Là-bas, la montagne aux Cailles bleuit et s'éloigne ; il fera beau demain, si Moustiers n'est pas couvert.

— Ma guéline ! aga une lettre !

… Une lettre… Déjà… que la trêve est courte ! Ne pouvait-il me laisser un peu de temps, encore un peu de soleil et de vie animale ? Je me sens toute petite et timide devant la peine qui va m'assaillir… Effacer, effacer tout ce qui fut, et recommencer toute neuve… hélas !

« *Mon enfant chérie…* »

(Il pouvait aussi bien s'en tenir là. Je sais tout ce qu'il va me dire. Oui, j'étais son enfant ! Pourquoi m'a-t-il trompée ?)

« *Mon enfant chérie, je ne puis me consoler de ta peine. Tu as fait ce que tu devais faire, et je ne suis qu'un homme misérable qui t'aime avec désolation. Tu sais, Claudine, tu es sûre pourtant qu'une imbécile curiosité m'a seule poussé à cela, aussi ce n'est pas de cela que je me sens coupable ; je te le dis au risque d'aggraver ta rigueur. Mais je t'ai fait du mal, et je ne puis trouver de repos. Je t'envoie tout ce que tu m'as demandé. Je te confie au pays que tu aimes. Songe qu'à travers tout tu es ma tendresse et ma ressource unique. Ma « jeunesse », comme tu disais quand tu riais encore en levant les yeux vers moi, ma triste jeunesse d'homme déjà vieux, est partie tout d'un coup avec toi…* »

Que j'ai mal, que j'ai mal ! Je sanglote, assise par terre, la tête au flanc rude du noyer. J'ai mal de ma peine ; j'ai mal, hélas ! de la sienne… Je ne savais pas encore ce que c'était qu'un « chagrin d'amour », m'en voilà deux à présent ; et je souffre du sien plus encore que du mien… Renaud, Renaud !…

Je m'engourdis à cette place, mon chagrin se fige lentement. Mes yeux cuisants suivent le vol d'une guêpe, le « frrt » d'un oiseau, le trajet compliqué d'une jardinière… Comme le bleu de ces aconits est bleu ! d'une belle couleur nourrie, forte et commune… D'où vient cette

haleine miellée, qui fleure l'essence d'Orient et le gâteau à la rose ?...
C'est le grand rosier cuisse-de-nymphe qui m'encense... Pour lui, je me
dresse sur mes pieds travaillés de fourmis, je vais à sa rencontre.

... Tant de roses, tant de roses ! Je voudrais lui dire : « Repose-toi.
Tu as assez fleuri, assez travaillé, assez épuisé ta force et tes
parfums... » Il ne m'écouterait pas. Il veut battre le record de la rose,
en nombre et en odeur. Il a du fond, de la vitesse, il donne tout ce qu'il
peut. Ses filles innombrables sont des roses jolies et petites, comme
celles des images de piété, à peine teintées au bord des pétales avec un
petit cœur de carmin vif. Une à une, elles pourraient sembler un peu
bêtes, — mais qui songerait à critiquer le manteau murmurant
d'abeilles qu'elles ont jeté sur ce mur ?

... « Bourrique de cochon ! qu'on arrache la peau de cette bête
infâme vomie par les enfers !... »

Pas de doute possible, c'est Papa qui se manifeste. Heureuse de le
voir, de me distraire à son extravagance, je cours. Je l'aperçois penché à
une fenêtre du premier étage, celle de la bibliothèque. Sa barbe a un
peu blanchi, mais elle roule toujours en fleuve tricolore sur sa vaste
poitrine. Il lance du feu par les naseaux, et ses gestes consternent
l'univers.

— Qu'est-ce que tu as, Papa ?

— Cette chatte immonde a souillé de ses pattes, perdu à jamais
mon admirable lavis ! Il faut la foutre par la fenêtre !

(Il commet donc des lavis, à présent ? Je tremble un peu pour ma
Fîîîlle...)

— Oh ! Papa, tu lui as fait du mal ?

— Non, naturellement ! Mais j'aurais pu lui en faire et j'aurais dû,
entends-tu, fille de cornard ?

(Je respire. À le voir si rarement, j'avais oublié l'innocuité de ses
foudres.)

— Et toi, tu vas bien, ma Dine ?

(Sa voix infiniment tendre, cette appellation de ma toute petite
enfance rouvrent en moi de jeunes fontaines ; j'écoute bruire, goutte à
goutte, de clairs et fugaces souvenirs... Bon, voilà qu'il retonne !)

— Eh bien, bourrique, je te parle, il me semble ?

— Oui, cher Papa, je vais bien. Tu travailles ?

— C'est m'offenser que d'en douter seulement. Tiens, lis ça, c'est paru de la semaine dernière ; la terre en a tremblé. Tous mes galapiats de collègues ont fait des gueules...

Il me jette le numéro des *Comptes Rendus* qui inséra sa précieuse communication.

(Malacologie, Malacologie ! Tu dispenses à tes fidèles le bonheur, l'oubli de l'humanité et de ses misères... En feuilletant les fascicule d'un rose aimable, j'ai trouvé, moi, la vraie limace, ce mot qui se traîne, visqueux, sur ses cinquante-cinq lettres *Tétraméthyl-monophénil-sulfotri-para-amido-triphényl-méthane*... J'entends, hélas ! le rire de Renaud à une pareille trouvaille...)

— Tu permets, Papa, que je garde la brochure ? Elle ne te fera pas défaut ?
— Non, répond-il, olympien, de sa fenêtre, j'en ai commandé dix mille tirages à part chez Gauthier-Villars.
— C'était prudent. À quelle heure déjeune-t-on ?
— Adresse-toi à la valetaille. Je ne suis que cerveau, je ne mange pas, je pense !

Il referme avec un fracas de tempête ses vitres qu'embrase le soleil.
Je le connais ; pour un homme qui n'est que cerveau, il va « penser » tout à l'heure un bifteck sérieux.

Toute ma journée s'écoule à chercher, pas à pas, miette à miette, mon enfance éparse aux coins de la vieille maison ; à regarder, aux barreaux de la grille qu'a tordue la glycine puissante, changer et pâlir, puis violacer au loin de la montagne aux Cailles. Les bois drus, d'un vert opaque et plein qui bleuit vers le soir, je ne veux les aimer que demain... Aujourd'hui, je panse mon mal, je le dorlote à l'abri. Trop de lumière, trop de vent pur, et les vertes ronces fleuries de rose pourraient effilocher l'ouate légère de guérison où s'enveloppe mon chagrin meurtri.

Dans le soir rougeoyant, j'écoute s'endormir le bienveillant jardin. Au-dessus de ma tête zigzague le vol noir et muet d'une petite rate volage\*... Un poirier de Saint-Jean, pressé et prodigue, laisse tomber un à un ses fruits ronds, flogres aussitôt que mûrs, et qui entraînent dans leur chute des guêpes tenaces... Cinq, six, dix guêpes au trou d'une petite poire... Elles tombent en continuant de manger, en battant seulement l'air de leurs ailes blondes... Ainsi battaient, sous mes lèvres, les cils dorés de Rézi...

Je n'ai pas tressailli, au souvenir de la traîtresse amie, avec le repliement douloureux que je redoutais. Celle-là, ah ! je me doutais bien que je ne l'aimais pas...

Tandis que je ne puis, sans un cruel sursaut, sans joindre les mains d'angoisse, évoquer la grande taille de Renaud debout dans l'ombre de la chambre fleurie guettant ma décision, ses tristes yeux craignant l'irréfutable...

— Ma Nonore, une dépêche pour toi !

(C'est trop à la fin ! Je me retourne menaçante, prête à détruire le papier bleu.)

— Y a une réponse payée.

Je lis : *Prière instante de donner nouvelles santé.*

... Il n'a rien osé de plus. Il a songé à Papa, à Mélie, à Mlle Mathieu, la directrice des postes. J'y songe aussi, moi, en répondant : *Voyage excellent. Père en bonne santé.*

---

\* Chauve-souris.

*J*'ai pleuré en dormant, et je ne me souviens pas de mon rêve, un rêve pourtant qui m'éveille oppressée, avec de grands soupirs tremblés. Le jour point. Il n'est que trois heures. Les poules dorment encore, les moineaux seuls crient avec un bruit de pierraille remuée. Il fera beau, l'aube est bleue...

Je veux, comme lorsque j'étais petite fille, me lever avant le soleil, pour aller surprendre aux bois des Fredonnes le goût nocturne de la source froide, et les lambeaux de la nuit qui, devant les premiers rais, recule aux sous-bois et s'y enfonce...

Je saute à terre. Fanchette, endormie, dépossédée du creux de mes genoux écartés, roule comme un escargot sur elle-même, sans ouvrir un œil. Un petit gémissement ; et elle presse de plus belle sa patte blanche sur mes yeux fermés. L'aube mouillée ne l'intéresse pas. Elle n'a de goût qu'aux nuits claires où, assise, droite, correcte comme une déesse-chatte d'Égypte, elle regarde rouler dans le ciel, interminablement, la blanche lune.

Ma hâte à me vêtir, cette heure indécise du petit matin me ramènent à des levers frissonnants de l'hiver, quand je partais pour l'École, gamine maigrelette, à travers le froid et la neige non balayée. Brave sous le capuchon rouge, je crevais de mes dents l'écorce des châtaignes bouillies, tout en glissant sur mes petits sabots pointus...

Je passe par le jardin, par-dessus les pointes de la grille. J'écris sur la porte de la cuisine, au charbon : « Claudine est sortie, elle rentrera pour le déjeuner... » Avant de franchir la grille, jupe relevée, je souris à *ma* maison, car il n'en est pas de plus mienne que cette grande case de granit gris, persiennes dépeintes et ouvertes, nuit et jour, sur des fenêtres sans défiance. L'ardoise mauve du toit se pare de petits lichens ras et blonds et, posées sur le pavillon de la girouette, deux hirondelles se rengorgent, pour faire gratter leur plastron offert et blanc, par le premier rayon aigu du soleil.

Mon apparition dans la rue dérange, insolite, les chiens préposés au service de voirie, et des chats gris fuient, silencieux et courbes. En sûreté sur le bord d'une lucarne, ils me suivent d'un regard jaune... Ils redescendront tout à l'heure, quand le bruit de mes pas aura décru au tournant de la rue...

Ces bottines de Paris ne valent rien pour Montigny. J'en aurai d'autres, moins fines, avec de petits clous dessous.

Le froid exquis de l'ombre bleue atteint ma peau déshabituée, pince mes oreilles. Mais là-haut voguent des voiles légers, des gazes mauves, et le rebord des toits vient se teindre, tout d'un coup, d'un rose violent de mandarine... Je cours presque vers la lumière, j'arrive à la porte Saint-Jean à mi-chemin de la colline, où une maison, misérable et gaie, plantée là toute seule, au bout de la ville, garde l'entrée des champs. Ici, je m'arrête avec un grand soupir...

Ai-je atteint la fin de mes peines ? Sentirai-je ici se mourir l'écho du coup brutal ? Dans cette vallée, étroite comme un berceau, j'ai couché, pendant seize ans, tous mes rêves d'enfant solitaire... Il me semble les voir dormir encore, voilés d'un brouillard couleur de lait, qui oscille et coule comme une onde...

Le claquement d'un volet rabattu me chasse du tas de pierres où je songeais, dans le vent qui me fait la bouche toute froide... Ce n'est pas aux gens de Montigny que j'ai affaire. Je veux descendre, passer ce lit de brume, remonter le chemin de sable jaune, jusqu'aux bois, effleurés à leur cime d'un rose brûlant... Allons ! »

Je marche, je marche, anxieuse et pressée, les yeux bas au long de la haie, comme si j'y cherchais l'herbe qui guérit...


Je rentre à midi et demi, plus défaite que si trois braconniers m'avaient troussée aux bois. Mais pendant que Mélie se lamente, je mire, avec un sourire inerte, mon visage las rayé d'une griffe rose près de la lèvre, mes cheveux feutrés de bardanes, ma jupe mouillée où le millet sauvage a brodé ses petites boules vertes et poilues. Ma chemise de linon bleu, craquée sous le bras, laisse monter à mes narines ce parfum chaud et moite qui affolait Ren... Non, je ne veux plus penser à lui !

Que les bois sont beaux ! Que la lumière est douce ! Au rebord des fossés herbeux, que la rosée est froide ! Si je n'ai plus trouvé, sous les taillis et dans les prés, le peuple charmant des petites fleurs minces, myosotis et silènes, narcisses et pâquerettes printanières... si les sceaux de Salomon et les muguets ont défleuri, depuis longtemps, leurs cloches retombantes, j'ai pu du moins baigner mes mains nues, mes jambes frissonnantes, dans une herbe égale et profonde, vautrer ma fatigue au velours sec des mousses et des aiguilles de pin, cuire mon repos sans pensée au soleil rude et montant... Je suis pénétrée de rayons, traversée de souffles, sonore de cigales et de cris d'oiseaux, comme une chambre ouverte sur un jardin...

— C'est du propre, une si jolie robe ! blâme Mélie.

— ... M'est égal. J'en aurai d'autres. Ah ! Mélie, je crois que je ne serais pas rentrée, s'il ne fallait pas déjeuner !... Mais je suis toute morte de faim.

— C'est bon. Le manger est cuit... Si ça a du bon sens ! Et Monsieur qui huche après toi, et qui regarde en bœuvarsé\* ! T'es bien la pareille qu'avant. Trôleuse, pa !

J'ai tant couru, tant regardé, tant aimé ce matin, que je reste au jardin tout l'après-midi. Le potager, encore non visité, me régale d'abricots chauds, de pêches âpres, que je déguste, à plat ventre, sous le grand sapin, un vieux Balzac étalé entre mes coudes.

Mon Dieu ! je me sens si légère d'esprit, si bien-heureusement battue de fatigue, n'est-ce pas là le bonheur revenu, l'oubli, la solitude joyeuse d'autrefois ?

Je pourrais m'y tromper ; mais non, Mélie a tort, je ne suis plus la « pareille qu'avant » ; dans le jour déclinant, l'inquiétude point, le malaise revient, l'angoissant malaise qui me force à bouger, à changer de chambre, de fauteuil, de livre, comme on cherche une place fraîche dans un lit fiévreux... Je tourne à la cuisine, j'hésite longtemps... j'aide Mélie à battre une mayonnaise qui refuse de prendre... je lui demande enfin, l'air détaché :

— Il n'est pas venu de lettres pour moi, aujourd'hui ?

— Non, ma guéline : y avait que les journaux de Monsieur.

J'ai dormi si lasse, que mes oreilles bourdonnaient, et que les muscles surmenés de mes mollets tressaillaient automatiquement. Mais mon sommeil ne fut pas agréable, traversé de rêves confus, que dominait une sensation énervée d'attente. Si bien que je m'attarde au lit ce matin, entre Fanchette et mon chocolat qui refroidit.

Fanchette, persuadée que je reviens pour elle seule, connaît depuis mon retour la joie parfaite, peut-être un peu trop parfaite. Je ne la tourmente pas assez. Il lui manque mon insistance taquine de jadis à la tenir debout sur ses deux pattes de derrière, à la suspendre par la queue, à la vanner, les pattes attachées deux à deux, en criant : « Voici

---

\* Regarder en bœuvarsé, c'est rouler de gros yeux, torves et inquiets, comme un bœuf tombé sur le flanc, un bœuf « versé ».

le lièvre blanc qui pèse huit livres ! » Je ne suis que tendre, je la caresse sans la pincer, sans lui mordre les oreilles... Dame, Fanchette, on ne peut pas tout avoir ; ainsi, moi, par exemple...

Qui monte les marches du perron ? Le facteur, je pense... Pourvu que Renaud ne m'ait pas écrit !...
Mélie m'aurait déjà apporté sa lettre... Elle ne vient pas. J'écoute pourtant avec mes oreilles, mes narines, toute tendue... Elle ne vient pas... Il n'a pas écrit... Tant mieux ! Qu'il oublie et qu'il me laisse oublier !...
Ce soupir-là, qu'est-ce qu'il veut dire ! C'est un soupir de soulagement, je n'en veux pas douter. Mais me voici bien tremblante, pour une Claudine rassurée... Pourquoi n'a-t-il pas écrit ? Parce que je ne lui réponds pas... Parce qu'il craint de m'irriter davantage... Ou bien il a écrit, et déchiré sa lettre... Il a manqué le courrier... Il est malade !
D'un saut, je suis debout, repoussant la chatte décoiffée qui cligne des yeux, brusquement réveillée. Ce mouvement me rend la conscience, avec la honte de moi...
Mélie est si traînarde... Elle aura posé la lettre à la cuisine sur un coin de la table, près du beurre qu'on apporte entre deux feuilles de bette à carde... Ce beurre va tacher la lettre... Je tire un cordon qui déchaîne le vacarme d'une cloche de couvent.
— C'est pour ton eau chaude, ma servante ?
— Oui, pardi... Dis donc, Mélie, le facteur n'a rien donné pour moi ?
— Non, mon guélin.
Ses yeux bleus fanés se plissent d'un attendrissement égrillard :
— Ah ! ah ! le temps te dure après ton homme ? Saprée jeune mariée, va ! Ça te démange !...
Elle s'en va en riant tout bas. Je tourne le dos à ma glace pour n'y plus voir l'expression de ma figure...

Mon courage enfin ressaisi, je monte, à la suite de Fanchette, au grenier qui fut tant de fois mon refuge, pendant les pluies tenaces. Il est vaste et sombre, les draps de la lessive pendent aux rouleaux de bois du séchoir ; un amas de livres demi-rongés occupe tout un coin, une antique chaise percée, à qui un pied manque, attend, béante, le séant d'un fantôme... Une grande manne d'osier recèle des restes de papiers à tentures, qui datent de la Restauration : fond jaune colique à

rayures prune, similitreillages verts où grimpe une végétation compliquée, où voltigent d'improbables oiseaux vert courge... Tout cela pêle-mêle avec les débris d'un vieil herbier, où j'admirais, avant de les détruire, les délicats squelettes de plantes rares venues je ne sais d'où... Il en reste encore, que je feuillette, respirant la suave vieille poussière un peu pharmaceutique, papier moisi, plantes mortes, fleurs de tilleul cueillies la semaine passée et qui sèchent sur un drap étalé...
La lucarne levée, la *goulotte* encadre, comme autrefois, quand je lève la tête, le même petit paysage lointain et achevé : un bois à gauche, une prairie descendante, un toit rouge dans le coin... C'est composé avec soin, bébête et charmant.

On a sonné en bas... J'écoute les portes, les voix indistinctes, quelque chose comme un meuble lourd qu'on traîne... Pauvre Claudine endolorie, comme il suffit de peu maintenant pour t'émouvoir !... Je ne peux plus durer, j'aime mieux descendre à la cuisine.

— Où que t'étais donc, ma France ? Je t'ai chorchée, et puis j'ai pensé que t'avais encore parti trôler... C'est ta malle que M. Renaud envoye grande vitesse. Racalin l'a mussée dans ta chambre par le petit escalier.

Cette grande malle de parchemin m'assombrit et m'agace comme un meuble de *là-bas*... Un de ses flancs porte encore un grand placard rouge à lettres blanches : HÔTEL DES BERGUES.

Il date de notre voyage de noces... J'avais prié qu'on laissât collée cette affiche, qui rendait la malle visible de très loin dans les gares... À l'Hôtel des Bergues... il a plu tout le temps, nous ne sommes pas sortis...

Je relève le couvercle avec violence, comme si je voulais jeter à bas le souvenir cher et cuisant, à figure d'espoir, qui se tient devant moi...

À première vue, je ne crois pas que la femme de chambre ait oublié grand-chose. La femme de chambre... Je vois ici la trace d'autres mains que les siennes... Sous les chemisettes d'été, sur le lit de linge fin et frais, enrubanné de neuf, ce n'est pas elle qui a posé le petit écrin vert... Le rubis que m'a donné Renaud y brille limpide, sang clair, vin riche et doux... J'ose à peine y toucher, non, non, qu'il dorme encore dans le petit écrin vert !

Dans le casier inférieur, on a couché mes robes, corsages vides, manches découragées, trois robes simples que je puis garder ici. Mais y garderais-je aussi cette boîte d'ancien vermeil, si jolie, qu'il m'a donnée, comme il m'a donné le rubis, comme il m'a donné tout ce que j'ai... On l'a remplie des bonbons que j'aime, fondants trop sucrés et chocolats mous... Renaud, méchant Renaud, si vous saviez comme les bonbons sont amers, mouillés de larmes chaudes !...

J'hésite maintenant à soulever chaque pli, où se tapit le passé, où veille la tendre et suppliante sollicitude de celui qui m'a trahie... Tout ceci est plein de lui ; il a lissé de ses mains ces lingeries pliées, il a lié les rubans de ces sachets...

Lente, les yeux brouillés de pleurs, je tarde à vider ce reliquaire...

J'aurais voulu tarder plus encore ! Tout au fond, dans l'une de mes petites mules de maroquin, une lettre blanche est roulée. Je sais bien que je la lirai... mais comme c'est froid, ce papier fermé ! Comme il craque désagréablement, sous le tremblement de mes doigts ! Il faut le lire, quand ce ne serait que pour faire taire ce petit bruit odieux...

« *Ma pauvre enfant adorée, je t'envoie tout ce qui me reste de toi, tout ce qui gardait encore ici ton parfum, un peu de ta présence. Ma chérie, toi qui crois à l'âme des choses, j'espère encore que celles-ci te parleront de moi sans colère. Me pardonneras-tu, Claudine ? Je suis mortellement seul. Rends-moi, — pas maintenant, plus tard, quand tu voudras bien, — non pas ma femme, mais seulement la chère petite fille que tu as emmenée. Parce que j'ai le cœur crevé de chagrin, en songeant que ta pâle petite figure intense sourit à ton père et qu'il me reste à moi le cruel visage de Marcel. Je te supplie de te souvenir, quand tu seras moins triste, qu'une ligne de ta main me sera chère et bénie comme une promesse...* »

— Lavoù que tu vas ? Et le manger qu'est servi ?

— Tant pis pour lui. Je ne déjeune pas. Tu diras à Papa... ce que tu voudras, que je me promène jusqu'à la montagne aux Cailles... Je ne rentrerai que ce soir.

En parlant, je fourre fébrilement dans un petit panier le croûton d'une miche cassée, des pommes de moisson, une cuisse de poulet que je chipe au plat dressé... Sûr que non, je ne déjeune pas ici ! Il me faut, pour lire dans mon trouble esprit, l'ombre tigrée de soleil, et la beauté des bois comme conseillère...

Je suis sans m'arrêter, malgré le rude soleil, l'étroit chemin des Vrimes, fossé plutôt que chemin, creusé et sableux comme un lit de rivière. Mes pas font fuir les verdelles* couleur d'émeraude, si peureuses que je n'ai jamais pu en capturer une seule ; au-devant de moi se lèvent en nuée les papillons communs, beiges et marrons comme des laboureurs. Un Morio passe, zigzaguant, effleure la haie, comme s'il avait peine à soulever plus haut le lourd velours brun des ailes... De loin en loin, un mince sillon ondulé moule en creux le sable de la route : une couleuvre a passé là, ardoisée et brillante. Peut-être qu'elle portait en travers de sa petite bouche plate de tortue les pattes vertes d'une grenouille encore gigotante...

Je me retourne souvent, pour voir diminuer la tour sarrasine ourlée de lierre, et le château décrépit. Je veux aller jusqu'à ce petit pavillon de garde-chasse, qui depuis cent ans peut-être a perdu le plancher de son unique étage, ses fenêtres, sa porte, et jusqu'à son nom... Car il s'appelle ici « la-petite-maison-où-il-y-a-tant-de-saletés-écrites-sur-les-murs ». C'est comme ça. Et c'est bien vrai qu'on n'a jamais vu — gravées, charbonnées, accentuées d'esquisses au couteau ou à la craie, en long, en large, enchevêtrées, — autant d'obscénités, de grosses scatologies naïves. Mais je n'ai que faire de la petite maison hexagone où pèlerinent le dimanche les gars insulteurs et les filles en bandes sournoises... Je veux le bois qu'elle garda jadis, et que ne souille pas la jeunesse endimanchée, parce qu'il est trop serré, trop silencieux, coupé de gouillas humides d'où fusent des fougères...

Affamée, la pensée endormie, je mange comme un bûcheron, mon panier au creux des genoux. Jouissance pleine de se sentir une brute vivace, accessible seulement à la saveur du pain qui craque, de la pomme farineuse ! Le doux paysage éveille en moi une sensualité presque semblable au ravissement de la faim que j'assouvis : ces bois égaux et sombres sentent la pomme, ce pain frais est gai comme le toit de tuile rose qui le troue...

---

\* Grand lézard vert.

Puis, couchée sur le dos, les bras en croix, j'attends l'heureuse torpeur.

Personne aux champs. Qu'y ferait-on ? On ne cultive rien. L'herbe pousse, le bois mort tombe, le gibier vient au collet. Les gobettes en vacances mènent les moutons au long des talus, — et tout à cette heure sieste, comme moi. Un buisson de ronce en fleur exhale sa trompeuse odeur de fraise. La ramure basse d'un chêne rabougri m'abrite comme l'auvent d'une maison...

Tandis que je rampe pour changer mon lit d'herbe fraîche, un grignotement de papier froissé chasse le sommeil proche... La lettre de Renaud palpite dans mon corsage, la lettre qui supplie...

« Ma pauvre enfant adorée »... « la chère petite fille que tu as emmenée » ... « ta pâle petite figure intense... »

Il a écrit, pour la première fois peut-être, sans peser les mots qu'il écrivait, il a écrit sans littérature, lui que, d'habitude, la répétition d'un mot, à deux lignes d'intervalle, choque comme une tache d'encre à son doigt.

Cette lettre-là, je la porte comme une fiancée, près de mon cœur. Avec l'autre, celle d'avant-hier, ce sont les deux seules lettres d'amour que j'aie reçues, puisque, dans le temps de nos brèves accordailles, Renaud vivait tout près de moi, et que, depuis, joyeuse, docile ou indifférente, j'ai toujours suivi son humeur voyageuse et mondaine...

... Qu'ai-je fait de bon, pour lui et pour moi, en dix-huit mois ? Je me suis réjouie de son amour, attristée de sa légèreté, choquée de ses façons de penser et d'agir — tout cela sans rien dire, en fuyant les explications, et j'en ai voulu plus d'une fois à Renaud de mon propre silence...

J'ai mis de l'égoïsme à souffrir sans chercher de remède ; de l'orgueil routinier à blâmer silencieusement. Pourtant, que n'eût-il pas fait pour moi ? Je pouvais tout obtenir de sa tendresse empressée ; il m'aimait assez pour me conduire, — si je l'eusse d'abord guidé. Je lui ai demandé... une garçonnière !

Tout est à recommencer. Tout est, Dieu merci, recommençable. « Mon cher grand, lui dirai-je, je vous ordonne de me dominer !... » Je lui dirai encore... tant d'autres choses...

... Que l'heure coule, que le soleil tourne, que sortent du bois les papillons délicats au vol incertain et déjà nocturne, qu'une petite chouette timide, sociable et éblouie se montre trop tôt à la lisière du bois, et clignote, que le taillis s'anime, au tomber du jour, de mille bruits inquiets, de cris menus, je n'y prête que des oreilles distraites, des yeux absents et tendres... Me voici debout, étirant mes bras engourdis, mes jarrets courbaturés, puis fuyant vers Montigny talonnée par l'heure... l'heure du courrier, pardi ! Je veux écrire, écrire à Renaud.

Ma résolution est prise... Ah ! qu'il m'en a peu coûté.

*« Cher Renaud, je suis embarrassée pour vous écrire, parce que c'est la première fois. Et il me semble que je ne pourrai jamais vous dire tout ce que je veux vous dire avant que parte le courrier du soir.*

*J'ai à vous demander pardon d'être partie, et à vous remercier de m'avoir laissée partir. J'ai mis quatre jours à comprendre, toute seule dans ma maison et dans mon chagrin, ce dont vous m'eussiez convaincue en peu de minutes... Pourtant je crois que ces quatre jours n'ont pas été perdus.*

*Vous m'avez écrit toute votre tendresse, cher grand, sans me parler de Rézi, sans me dire : « Tu as fait avec elle ce que moi-même j'ai fait, avec si peu de différence... » C'eût été très raisonnable pourtant, d'une logique à peine boiteuse... Mais vous saviez que ce n'était pas la même chose... et que je vous suis reconnaissante de ne me l'avoir pas dit.*

*Je ne voudrais plus, plus jamais, vous causer de chagrin, mais il faut que vous m'y aidiez, Renaud. Oui, je suis votre enfant — pas rien que votre enfant — une fille trop choyée à qui vous devez parfois refuser ce qu'elle demande. J'ai désiré Rézi et vous me l'avez donnée comme un bonbon... Il faut m'apprendre qu'il y a des gourmandises nuisibles, et qu'à tout prendre on doit se méfier des mauvaises marques... Ne crai-*

gnez pas, cher Renaud, d'attrister votre Claudine en la grondant. Il me plaît de dépendre de vous, et de craindre un peu un ami que j'aime tant.

Je veux encore vous dire ceci : c'est que je ne retournerai pas à Paris. Vous m'avez confiée au pays que j'aime, venez donc m'y retrouver, m'y garder, m'y aimer. Si vous devez me quitter quelquefois, par force ou par envie, je vous attendrai ici fidèlement, et sans défiance. Il y a dans ce Fresnois assez de beauté, assez de tristesse, pour que vous n'y craigniez pas l'ennui, si je reste auprès de vous. Car j'y suis plus belle, plus tendre, plus honnête.

Et puis venez, parce que je ne peux plus durer sans vous. Je vous aime, je vous aime, c'est la première fois que je vous l'écris. Venez ! Songez que je viens d'attendre pendant quatre longs jours, mon cher mari, que vous ne soyez plus trop jeune pour moi... ! »

*Colette*

ISBN E-BOOK : 9782384554812
ISBN BROCHÉ : 9782384554829
ISBN RELIÉ : 9782384554836

ISBN E-BOOK : 9782384554843
ISBN BROCHÉ : 9782384554850
ISBN RELIÉ : 9782384554867

ISBN E-BOOK : 9782384554935
ISBN BROCHÉ : 9782384554942
ISBN RELIÉ : 9782384554959

ISBN E-BOOK : 9782384554966
ISBN BROCHÉ : 9782384554973
ISBN RELIÉ : 9782384554980

# COLLECTION CLAUDINE

~

Copyright © 2025 by Alicia ÉDITIONS

Credits : www.canva.com ; Alicia Éditions

Photographie de Colette 1910, anonyme, https://commons.wikimedia.org/wiki/File:Colette_-_photographie.jpg

Signature de Colette, https://commons.wikimedia.org/wiki/Category:Colette#/media/File:Colette_Signatur_1929.jpg

ISBN E-BOOK : 9782384554904

ISBN BROCHÉ : 9782384554911

ISBN RELIÈ : 9782384554928

Tous droits réservés.

Aucune partie de ce livre ne peut être reproduite sous quelque forme ou par quelque moyen électronique ou mécanique que ce soit, y compris les systèmes de stockage et de récupération de l'information, sans l'autorisation écrite de l'auteur, à l'exception de l'utilisation de brèves citations dans une critique de livre.

www.ingramcontent.com/pod-product-compliance
Lightning Source LLC
LaVergne TN
LVHW032011070526
838202LV00059B/6403